이계진입
리로디드
RELOADED

이계진입 리로디드 10

임경배 퓨전 판타지 소설

초판 1쇄 찍은 날 § 2016년 12월 14일
초판 1쇄 펴낸 날 § 2016년 12월 21일

지은이 § 임경배
펴낸이 § 서경석

편집책임 § 이창진

펴낸곳 § 도서출판 청어람
등록번호 § 제387-1999-000006호
등록일자 § 1999. 5. 31
어람번호 § 제1-2583호

주소 § 경기도 부천시 부일로 483번길 40 서경B/D 3F (우) 14640
전화 § 032-656-4452 팩스 § 032-656-4453
http://www.chungeoram.com
E-mail § chungeorambook@daum.net

ISBN 979-11-04-91085-2 04810
ISBN 979-11-04-90529-2 (세트)

RELOADED

임경배 퓨전 판타지 소설

FUSION FANTASTIC STORY

이계진입 10
리로디드

청어람
도서출판

CONTENTS

RELOADED

이계진입
리로디드

Chapter 1

결혼은 미친 짓이다

이계구원자를 필두로 한 이나시우스 교국, 테오란트 왕국, 라텐베르크 왕국의 삼국동맹은 정식으로 릴스타인—팔로스 양국 연합에 경고를 날렸다.

—사파란 왕국에서 물러나라. 그곳은 정당한 후계자가 지배해야 할 곳이다. 릴스타인, 그대에겐 자격이 없다.

또한 그동안 멋대로 일으킨 전쟁에 대한 배상도 요구했다. 당연히 릴스타인은 무시했다. 어차피 삼국동맹도 이게 정말 먹힐 거라 생각하고 경고한 것은 아니었다. 그럴 줄 알았다는 듯이 바로 움직였다.

성시한과 창천기사단, 그리고 4,000의 삼국동맹군이 구사파란 왕국의 영역으로 진군을 시작했다.

*　　　*　　　*

구사파란 왕국과 라텐베르크 왕국의 접경 지역, 올비도 요새.

성벽 밖에서 흑발의 사내가 담담한 어조로 말을 건넨다.

"성문을 열어라."

그가 말을 건네는 대상은 성벽 위의 기사와 병사들, 요새의 릴스타인 주둔군이었다. 수백 미터에 달하는 거리를 사이에 두고 마치 눈앞의 사람들에게 말하듯 말을 잇는다.

"성문을 열고 항복하라."

차분한 목소리가 마법으로 증폭되어 천둥처럼 성벽 위를 울렸다. 모든 병사와 기사들이 공포로 몸을 떨었다.

이들의 지휘관, 홍룡기사단의 하이어 파르스 역시 마찬가지였다.

"으으……."

파르스는 신음하며 요새를 포위한 삼국동맹군을 바라보았다.

적의 숫자는 4,000, 그에 비해 올비도 요새의 릴스타인 주둔군은 고작 800이었다. 단순히 병력 차이만으로도 아득히 밀리는데 군대의 질은 더욱 차이가 컸다. 저 4,000의 군세를 이끄는 이들은 한때 대륙 최강이라 불리던 창천기사단인 것이다.

물론 창천기사단이 대륙 최강이라 불리던 것은 십 년 전 이야기고, 어디까지나 이계구원자 밑에 있었을 때나 최강이라는 것이 그간의 중론이긴 하다. 예전 같았으면 하이어 파르스도 이렇게까지 두려워하진 않았을 것이다.

하지만 지금 저 창천기사단을 이끄는 이는 바로 그 이계구원자 성시한이다!

성벽을 포위한 4,000의 군세, 그 앞에 홀로 선 흑발의 사내를 살피며 성벽 위의 기사들이 수군거리기 시작했다.

"하이어 파르스……."

"성문을 열어야 하는 게 아닐지……."

떠도는 소문은 이들도 이미 접했다. 어째서 릴스타인과 성시한이 서로 적대하는지도 알고 있었다.

솔직히 말하면, 이들도 심정적으론 성시한의 손을 들어주고 있었다.

'배신당하고 복수하러 왔다는데.'

'그럴 만하지, 뭘.'

'바람난 것들을 벌하는 건 사내라면 응당 해야 할 일이 아

닌가?'

과연 켈테론의 야바위는 그 위력이 상당했다. 릴스타인의 선전 작업 따윈 지금 이들의 머릿속에 한 줌도 남아 있지 않았다.

'뭔 소린지 잘은 모르겠는데, 하여튼 릴스타인 폐하랑 레비나 왕비님이 결혼한 건 사실이잖아?'

'잘나신 혁명 영웅들끼리 사적인 원한으로 치고받는다는데 대체 왜 우리들이 목숨을 걸어야 하지?'

병사들은 물론이고 왕국 각지에서 소집된 소드하이어들조차도 동요하고 있었다. 그 불만은 고스란히 지휘관, 하이어 파르스에게 전해졌다.

"상대는 이계구원자입니다."

"우리가 대체 왜 저분과 싸워야 하는 겁니까?"

파르스는 이를 악물었다.

올비도 요새는 결코 약하지 않다. 높은 성벽과 두터운 성문으로 이루어졌고 테라노어의 성들 대부분이 그렇듯 강력한 마법적 결계로 보호받고 있었다. 아무리 강력한 마기언이나 소드하이어라도 이 요새를 부수는 것은 결코 쉬운 일이 아니다.

'하지만 저분에겐 쉽겠지.'

한 번 더 성시한의 목소리가 성벽 위를 울렸다.

"성문을 열어라."

파르스는 결심했다.

그는 기사였다. 주군에게 충성을 맹세하고 기사의 명예를 지키기로 맹세한 자였다.

투기를 이용해 그가 음성을 높이며 고함을 질렀다.

"전설의 영웅을 뵙게 되어 영광으로 생각합니다. 하지 만……."

잠시 숨을 고른 뒤 각오를 실어 외침을 잇는다.

"우리는 릴스타인 폐하께 충성을 바친 기사들! 설사 꺾일지 언정 고개 숙일 순 없습니다!"

릴스타인을 위해서가 아니다. 기사의 명예, 스스로의 맹세 를 위해서다.

"차라리 성문을 부수고 우리의 목을 베십시오! 하지만 우리 손으로 성문을 여는 일은 결코 없을 겁니다!"

죽음을 각오한 파르스의 외침은 성시한을 넘어 창천기사단 의 귀에도 들렸다. 창천기사단의 대장급들이 시한에게로 다가 왔다. 우드로우와 비렛타, 제논과 알리타였다.

우드로우가 성벽 위를 보며 말했다.

"고지식한 친구군요."

제논이 등 뒤에 멘 대검에 손을 가져갔다.

"아무래도 전투를 벌여야 할 것 같습니다, 시한."

알리타가 눈을 반짝이며 물었다.

"성문부터 부술까요?"

아무 짓 안 해도 나날이 마력만 올라가고 있는 알리타였다. 마력 올라가는 속도가 너무 빨라 컨트롤이 따라갈 수가 없으니, 슬슬 아케인 블래스트로도 감당이 안 되는 수준이 되었다.

결국 시한은 그녀에게 새로운 주문, 섬광계 8층 마법 아케인 스트라이크를 가르쳐 주었다. 솔직히 뒷생각 안 하고 전력을 다하면 9층 궁극 마법인 아케인 퍼니시먼트도 가능할 것 같았지만 부작용이 겁나서 차마 거기까진 엄두를 내지 못했다.

"아케인 스트라이크라면 대마법 결계가 걸린 성문이라도 충분히 부술 수 있을 것 같은데요."

알리타의 말에 성시한은 고개를 저었다.

"아니, 스스로 성문을 열게 만들 거야. 되도록 피를 보고 싶지 않아."

전투가 벌어지면 사람이 죽는다. 릴스타인의 기사들이야 논외로 쳐도, 병사들의 피해는 되도록 줄이고 싶다.

비렛타가 눈을 흘겼다.

"그러니까, 어떻게요?"

시한이 어깨를 으쓱였다.

"나 혼자 처리할게."

대장급들이 다시 대열로 돌아갔다.

성벽을 노려보며 성시한은 디재스터를 뽑았다. 찬란한 황금의 빛이 그를 휘감았다.

"무신기, 십이지검."

열두 자루의 빛의 검이 허공으로 날아오르며 또 다른 파괴의 발판이 된다. 눈부신 황금의 태양이 성벽 너머 하늘 위로 떠올랐다.

너무도 유명한 이계구원자의 무신기였다. 성벽 위 사람들의 안색이 창백해졌다.

"으헉!"

"저, 저거……."

애써 마음을 다잡으며 파르스가 호통을 쳤다.

"두, 두려워 마라! 기사로서 명예롭게 죽어라!"

기사들이 검을 쥔 채 파들파들 떨었다. 그래도 소드하이어답게 마지막 명예마저 저버리진 않은 듯 제자리를 지킨다.

반면, 병사들에겐 딱히 지킬 명예 따위 없다. 누가 먼저랄 것도 없이 자리를 이탈해 도망치기 시작했다.

"으아아악!"

"사람 살려!"

순식간에 성벽 위가 텅 비었다. 남은 것은 성문 위에 서 있는 한 무리의 소드하이어들뿐.

결사의 각오를 담은 파르스의 외침이 울려 퍼졌다.

"우리는 결코 물러서지 않을 것이다!"

성시한은 흐뭇하게 웃었다.

"좋아, 병사들은 도망갔군."

그리고 오른손을 그대로 내려쳤다.

"무신기, 무극천광!"

동시에 시한의 왼손도 복잡한 수인을 그었다. 미리 준비해 둔 백색 상아탑 최강의 섬광계 주문이 차분한 시동어와 함께 발동되었다.

"아케인 퍼니시먼트!"

태양이 떨어졌다. 찬란한 빛이 올비도 요새를 작렬했다.

대지가 요동치고 하늘이 찢어졌다. 구름이 사방으로 퍼지며 무자비한 폭음과 폭발이 연달아 일어났다.

콰콰콰콰쾅!

잠시 후, 파르스는 눈을 떴다. 사방이 폭연으로 가득했다. 하지만 고통은 없었다.

그는 잠시 의아해했고, 이내 답을 얻었다.

죽지 않았다. 그뿐 아니라 부상조차 입지 않았다.

'힘을 조절해 성문만 부순 것인가?'

파르스는 조심스레 상황을 살폈다. 그리고 순간 굳었다.

눈앞에 펼쳐진 광경은 그의 상상과 전혀 달랐다.

성문은 멀쩡했다.

대신 성문 주위, 수십 미터에 다다르던 장벽이 모조리 붕괴되어 버렸다!

"아, 아으으……."

질린 표정으로 파르스는 신음을 흘렸다. 곁에 서 있던 기사들 역시 마찬가지였다.

수백 년 동안 굳건히 자리를 지키던 그 거대한 성벽들이 몽땅 한 무더기의 돌무덤으로 변했다. 오직 성문, 그들이 서 있던 성문과 그 주위만이 남아 있다.

"이게 뭐야……."

"세상에……."

"오, 신이시여……."

차라리 성문이 부서졌다면 그러려니 할 텐데, 좌우 성벽은 몽땅 붕괴시키고 성문만 남기다니? 이 무슨 부조리한 광경이란 말인가? 피와 살로 이루어진 인간이 이런 짓을 할 수 있단 말이야?

넋이 나간 기사들의 귓가에 담담한 목소리가 다시 한 번 들려왔다.

"문 열어."

부조리와 인지 부조화의 합동 공격 속에서, 간신히 버티던 명예와 맹세는 눈 녹듯이 사라졌다.

끼이이익…….

외롭게 서 있던 올비도 요새의 성문이 활짝 열렸다.

＊　　　＊　　　＊

성시한이 이끄는 삼국동맹군은 고작 보름 만에 구사파란 왕국의 서부 지역 대부분을 수복했다. 릴스타인 주둔군 대부분은 제대로 저항도 하지 않고 순순히 백기를 들었다.

애초에 승산이라곤 전혀 없는 전투였다.

사파란 왕국을 침공한 삼국동맹군의 면면은 실로 화려했다. 이계구원자 성시한에 용병왕 바락, 불사의 마녀 카렌 이나시우스와 삼국 최강의 기사단까지. 무신급과 초인급이 드글거리는 저 악몽 같은 군대를 상대로 일개 주둔군이 뭘 할 수 있을까?

더구나 소문으로 인해 릴스타인 왕국군의 충성심은 흔들릴 대로 흔들린 후였다.

싸울 의욕이 생길 리가 없었다. 그나마 올비도 요새의 파르스 정도 되면 꽤나 기사의 기개가 있는 축이었다.

서부 지역 일곱 개의 성이 차례대로 함락되었다. 그야말로 파죽지세라는 표현에 걸맞은 진군 속도였다.

전황을 전해 들은 릴스타인은 골머리를 앓았다.

"아, 이게 아닌데……."

예전이었다면 전혀 문제 되지 않는 상황이었다.

삼국동맹의 모든 강자가 한곳에 모였다는 소리는, 그 외의 다른 지역은 텅 비었다는 소리나 마찬가지다. 본국의 군대를 보내 취약해진 삼국을 직접 두들겨 버리면 저들은 무조건 회군할 수밖에 없다. 남의 나라를 해방시키는 동안 소중한 조국이 불타게 될 테니까.

그런데 그놈의 헛소문 때문에 저 방법을 쓸 수 없게 되었다.

당장 릴스타인의 징집령에 저항하는 귀족들이 한둘이 아닌 것이다.

'죄송합니다. 제가 지병이 있어서…….'

'갑자기 영지에 큰 변이 닥쳐서…….'

'개인적인 사정이 생겨서 이번 전쟁에 참가할 수 없게 되었습니다.'

온갖 변명과 함께 하나둘 꼬리를 마는 귀족들이 늘어갔다. 대놓고 반역을 표하는 것이 아닌지라 릴스타인도 그들을 칠 명분이 없었다. 분위기가 이렇게 흘러가니 릴스타인에게 충성을 다하던 이들도 점점 더 눈치를 보기 시작했다.

심지어 충복 중의 충복이라는 홍룡기사단조차도 조금씩 분

열이 일어나고 있었다. 홍룡기사단장인 하이어 엔다윈마저 이런 충언을 올릴 지경이었다.

"아무래도 이계구원자와 폐하 사이에 오해가 있는 것 같은데, 우선은 대화를 통해 오해를 푸심이 우선이 아닐지……."

자기 딴엔 충심이랍시고 고하는 것이라 더 골치가 아프다.

상황이 이렇다 보니 군사를 일으켜 역공을 취할 수가 없었다. 병력의 숫자가 너무 부족했다.

현재 릴스타인이 완벽하게 지배하고 있는 이들은 크림슨 나이츠와 적색 상아탑의 마기언들, 그리고 소수의 심복들뿐이다. 그리고 이들만으론 함부로 전쟁을 일으키지 못한다.

크림슨 나이츠는 지구의 현대전으로 비유하면 일종의 전차다. 보병이 아무리 많아도 가차 없이 뭉개 버리며 나아갈 수 있는 절대적인 전력이다.

그렇다 해서 보병의 원호 없이 전차만 몰고 가서 전투를 승리할 순 없다. 물론 상대측에 전차가 한 대도 없다면야 가능하겠지만, 저쪽도 전차는 있는 것이다. 그저 그 숫자가 상대적으로 적을 뿐이다. 하물며 전차 개개의 성능은 저쪽이 위다.

제대로 된 군대의 보조 없이 크림슨 나이츠만 보냈다가 만약 성시한이나 카렌에게 역습을 당한다면?

'아무것도 못 건지고 그냥 병력만 잃게 되겠지.'

삼국동맹의 수법 역시 절묘했다.

혹자는 왜 삼국동맹이 직접적인 원한이 있는 릴스타인 왕국을 노리지 않고 사파란 왕국의 영토부터 수복했는지 의아해할지도 모른다.

하지만 저 한 수로 삼국동맹은 릴스타인이 휘하 귀족들을 수습할 기회조차 막아버렸다.

만약 삼국동맹군이 직접 릴스타인 왕국으로 쳐들어왔다면 귀족들도 이렇게 나오진 않았을 것이다. 소문이야 어찌 되었든 내 나라, 내 영지가 침범당했으니 제반 사정은 일단 뒤로하고 릴스타인의 깃발 아래 뭉쳤을 것이다.

하지만 사파란 왕국은 남의 나라, 남의 영지였다. 저들과 직접적인 연관이 없었다. 일단은 한발 물러서서 정황을 지켜보고 싶게 만드는 것이다.

이 상황에서 릴스타인에게 남은 방법은 하나뿐이었다.

그가 직접 나서서, 크림슨 나이츠를 몽땅 이끌고 성시한 일당과 건곤일척의 승부를 벌이는 것!

릴스타인은 테라노어 최강의 마기언이며, 초인급 소드하이어 100인은 충분히 무지막지한 전력이다. 무신급 소드하이어인 레비나도 있다.

카렌과 바락에 삼국의 강자들이 모두 합세했다지만 여전히 전력 자체는 릴스타인 쪽이 높았다. 정면으로 붙으면 성시한 일당을 전부 처리할 자신이 있었다.

문제는…….

'이것도 군대를 전부 동원하지 않고는 함부로 저지를 수 있는 일이 아니란 말이야.'

성시한은 릴스타인이 전력을 다해 자신을 몰아붙이는 걸 두려워했다. 그래서 최대한 정체를 숨기며 움직여 왔다.

하지만 릴스타인에게도 시한이 미처 모르는 고뇌가 있었다.

"시한, 그놈은 도망을 너무 잘 가!"

원래 인간이란, 타인은 객관적으로 파악해도 정작 자기 자신은 잘 모르는 법이다.

이게 시한은 자기 일이라 못 느끼고 있었지만 사실 테라노어에서 제일 도망을 잘 치는 1순위가 레비나라면 2순위는 바로 성시한인 것이다!

레비나로부터 잠형기 등의 온갖 도적 수법은 다 전수했지, 혁명전쟁 시절 도망 다니던 경험도 수두룩하지, 심지어 그 경계가 엄중하던 루스클란 제국의 황궁 심층부까지 파고들어가 실력을 증명하기도 했다.

"어지간히 외통수로 몰지 않으면 그 녀석, 도저히 못 잡는데."

사파란 때처럼 크림슨 나이츠의 존재를 감추는 수법은 더 이상 쓸 수 없다. 그러니 카렌을 노렸을 때처럼 절대 도망치지 못할 상황으로 몰아넣어야 한다.

'하지만 어떻게?'

카렌이야 일국의 여왕이고 책임감도 강하니 백성을 인질로 삼아 외통수로 몰 수 있었다.

그런데 성시한이라면?

'과연 지금의 녀석이 무고한 사람을 인질로 잡을 경우 도주를 포기할까?'

예전의 순진했던 십 대 소년 시절이라면 그랬을지도 모르겠다.

하지만 현재의 성시한은 '바람난 레비나와 릴스타인을 조지러 돌아왔다!'라는 저질적인 프로파간다를 뻔뻔하게 내세울 정도로 변해 버렸다. 유리한 상황을 위해 사파란과 테오란트의 죄를 덮을 정도로 '어른의 사정'을 받아들이는 것에도 익숙해졌다.

그야말로 몸과 마음에 속세의 때가 덕지덕지 묻었다 하겠다.

저런 놈에게 과연 불특정 다수를 대상으로 한 인질극이 먹힐까?

모르겠다. 도무지 장담할 수가 없다.

"만약 잘못해서 녀석을 놓치기라도 하면 일이 걷잡을 수 없게 된다."

성시한의 능력은 단순히 투기술을 베끼는 것만이 아니다. 마법 역시 마력의 흐름만 보고 뻔뻔하게 베낄 수 있다. 무슨 마법인지, 어떤 원리인지 전혀 이해도 하지 못하는 주제에 대충 재현이 가능한 괴물이다.

혹여 릴스타인의 '비장의 한 수'를 성시한이 알아차린다면, 그 상태로 도망쳐 똑같이 재현해 버린다면 모든 계획이 꼬여 버린다.

"아, 이거 이러지도 저러지도 못하게 됐네, 진짜."

릴스타인은 미간을 찌푸린 채 푸념을 흘렸다.

"차라리 레비나가 시한에게 당해 버렸으면 아무 문제 없었을 텐데……."

원래 그의 계획에서 레비나와 팔로스 왕국은 전혀 고려 대상이 아니었다. 레비나의 조력 따위 없어도 통솔력만 멀쩡했다면 충분히 성시한과 삼국동맹을 상대할 수 있었다.

그리고 원래 민심은 죽은 자에겐 관대한 법이다. 만약 레비나가 시한의 손에 당한 상태였다면, 그 후에 이런 소문이 돌았다면 얼마든지 반박이 가능하다.

어찌 죽은 이의 명예를 더럽히는가! 그러고도 그대들이 명예를 아는 자라 할 수 있는가!

이런 식으로.

하지만 레비나는 멀쩡히 살아 있고, 릴스타인과 성대하게 도 결혼식을 올려 버렸다.

"이 상황에선 무슨 소리를 해도 전혀 먹힐 리가 없지."

전혀 신뢰할 수 없는 무신급 소드하이어 한 명, 명령도 잘 안 먹히는 왕국 하나를 아군으로 얻고 그 대가로 모든 계획이 헝클어졌다.

워낙 상황이 안 좋게 돌아가니 이런 피해망상마저 들 지경 이었다.

'혹시 시한 녀석, 이걸 노리고 일부러 레비나를 놓아준 건 가?'

설마 그럴 리야 없겠지만.

애써 진정하며 릴스타인은 머리를 굴렸다.

"하아, 어쩐다……."

이대로라면 계획이 완성되기도 전에 엎어질지도 모른다. 그 런 최악의 사태만큼은 피해야 한다.

그는 결심했다.

"할 수 없다. 목표치를 하향 조정해서라도 과정을 단축시키 는 수밖에."

손해를 보더라도 일단은 계획을 유지하는 것이 급선무였다.

"유적으로 가야겠군."

유적, 루스클란의 유산이라 이름 붙은 거대한 공동을 떠올리며 릴스타인이 자리에서 일어났다.

*   *   *

그믐달이 흐릿한 빛을 뿌리는 깊은 밤.

왕성 북쪽을 길게 두른 장벽을 따라 릴스타인은 홀로 걷고 있었다.

이 장벽 너머에는 그 누구의 접근도 허락지 않는 금지(禁地)가 존재한다. 일명 붉은 마탑이라 불리는, 릴스타인 개인의 마법 연구실이 위치한 곳이다.

온갖 마법의 비의를 간직한 이곳에 릴스타인은 심혈을 기울여 강력한 결계를 설치했다. 아무리 뛰어난 마기언이나 소드하이어라 할지라도, 심지어 시프 퀸 레비나라도 몰래 이곳에 잠입할 순 없을 것이라고 자부했다. 적어도 그 정도의 자신은 있었다.

물론 대놓고 부수며 진입을 시도하면 불가능하지야 않겠지만, 그건 이미 잠입이 아니지.

'그래도 레비나는 역시 방심할 수 없단 말이야.'

입구에 도착한 릴스타인은 탐색 마법을 펼쳐 주위를 파악했다. 혹시나 레비나가 숨어 있을지도 모를 경우를 대비해서였다.

주위엔 아무도 없었다.

이번엔 대문의 결계 마법을 확인했다. 누군가가 진입했다면 그 흔적이 남아 있을 것이다.

흔적은 없었다. 그 어떤 침입자도 존재하지 않았다.

'좋아, 아무 문제 없군.'

대문이 열리자 릴스타인이 장벽 안쪽으로 걸음을 옮겼다. 황량한 정원 가운데 우뚝 솟은 붉은 마탑이 보였다.

그는 정원을 따라 걸어갔다.

걸음을 옮길 때마다 정원 전체에 펼쳐진 결계 일부가 틈을 벌려 그의 진입을 허락한다. 장벽의 대문뿐만 아니라 이 정원 자체도 또 하나의 방어 마법진인 것이다.

방어 마법진 역시 완벽하게 기동하고 있었다. 침입자는 없었다.

마탑 정문에 도착한 릴스타인이 차분하게 시동어를 외웠다.

"정명한 자격을 지닌 자의 이름으로 명한다. 열려라."

마법 금속 아우렐티움을 통째로 들이부어 만든 거대한 철문이 활짝 열렸다.

장벽 대문에 커다란 정원, 그리고 마탑의 정문까지, 이 삼중의 경계 시스템을 모두 돌파해야 비로소 붉은 마탑 안에 들어설 수 있는 것이다. 실로 편집증에 가까운 철저한 경계 시스템이었다.

마탑의 정문을 닫으며 릴스타인은 희미한 미소를 지었다.

모든 결계가 정상적으로 돌아가고 있었다. 침입자가 없다는 확실한 증거였다.

'후후, 제아무리 레비나라도 이곳까지 기어들어 올 순 없었나 보군.'

레비나의 속셈쯤은 그도 짐작하고 있었다. 그럼에도 순순히 왕성 안으로 들여보내 준 이유는 충분한 자신이 있었기 때문이다.

릴스타인이 마탑의 계단을 따라 지하로 내려갔다. 그가 지나갈 때마다 마법의 등불이 저절로 켜져 어둠을 밝히고, 다시 꺼졌다.

릴스타인의 모습이 사라지고 도로 어둠에 휩싸인 마탑의 복도.

그 짙은 어둠 속에서 불현듯 은빛 눈동자가 반짝였다.

비릿한 미소를 짓고 있는 은형의 레비나였다.

'확실히 대단하긴 하더라, 릴스타인. 도저히 그냥은 숨어들 방법이 없던데?'

릴스타인의 마법은 정말 굉장했다. 아무리 그녀라 할지라도 이 복잡하고 방대한 마법 결계를 피할 방법은 도저히 찾을 수 없었다.

인정한다.

그의 마법은 도적들의 여왕이라도 결코 속일 수 없다.

'하지만 릴스타인이란 인간은 속일 수 있거든.'

레비나는 완벽한 마탑의 결계 대신 릴스타인 개인을 속이는 쪽을 택했다.

탐색 마법이 펼쳐질 때 전신을 은형살로 감싸면 마법은 분명 그녀의 존재를 감지하지만 그 정보를 파악하는 이에겐 평범한 지형지물로밖에 인식되지 않는다. 그 상태로 움직인다면 당연히 걸릴 테니 결계를 통과할 순 없지만 릴스타인은 속일 수 있는 것이다.

그 후 릴스타인이 직접 결계를 해제하고 마탑으로 들어서는 동안 그녀 역시 상대의 그림자에 은신한 채 뒤를 쫓았다.

물론 이동 중에도 릴스타인이 탐색 마법을 유지하고 있었다면 바로 들통났을 테니 잠입 역시 불가능했겠지만, 그는 그렇게까진 하지 않았다.

레비나의 잠형기가 상대의 그림자 속으로 숨는 수법이란 건 릴스타인도 이미 알고 있다. 그런데도 그녀가 자신의 발치에 숨어 뻔뻔하게 따라오고 있을 거란 생각까진 미처 하지 않았다. 서로의 수법 따윈 뻔히 알고 있는데, 설마 그렇게까지 멍청한 짓을 할 리가 있을까?

그렇기에 이 단순한 수법에 의미가 생긴다.

원래 속임수란 건 빠른 손놀림, 기묘한 술수, 복잡한 계략 따위가 본질이 아니다. 저것들은 어디까지나 수단이다.

진정한 속임수는 상대의 확신을 깨뜨리는 것.

설마 그렇게까지 하겠냐 싶을 때가 바로 가장 상대를 속이기 좋은 타이밍이라는 걸 레비나는 잘 알고 있었다.

'마법엔 허점이 없지만, 인간에겐 허점이 있는 법이지.'

제아무리 강력한 플로어 마스터라도 릴스타인은 인간이었고, 어쩔 수 없는 인간의 정신을 지니고 있었다. 그녀는 그 정신의 빈틈을 정확하게 노렸다.

결과는 성공이었다.

'자, 그럼 얼마나 중요한 비밀이기에 이렇게 꽁꽁 싸매놨는지 확인해 볼까?'

*　　　　*　　　　*

아무리 레비나라도 릴스타인의 발치에 숨어 계속 따라가는 것은 집중력을 크게 소모하는 일이었다. 그래서 일단 마탑에 진입한 뒤, 경계 시스템을 전부 돌파한 뒤에는 거리를 벌리고 기력을 회복시켰다.

어느 정도 기운이 돌아오자 그녀는 다시 릴스타인의 뒤를 쫓았다.

계단은 지하로 이어져 있었다.

조심스레 내려가는데 깊이가 꽤나 깊다. 한 20여 미터 이상?

'무엇하러 이렇게 땅을 깊이 판 거야?'

의아해하며 레비나는 계속해 걸음을 옮겼다.

그러던 중이었다. 그녀의 안색이 굳었다.

'앗!'

갑자기 릴스타인의 인기척이 느껴지지 않았다.

그녀는 지금도 기감을 펼쳐 수시로 상대의 위치를 파악하고 있었다. 무신급 소드하이어답게 정확도도 무시무시한 수준이다. 분명 조금 전까지 릴스타인이 지하 최하층에 서 있는 걸 감지했다.

그런데 어느 순간 소멸해 버렸다.

'사라졌어?'

레비나는 긴장하며 전신의 투기를 갈무리해 전투 준비를 갖췄다. 혹시나 릴스타인이 눈치를 채고 역습할 속셈인지도 몰랐다.

그 상태로 조심조심, 한 발 한 발 신중히 계단을 내려간다.

이윽고 최하층에 도착했다.

그곳은 평범하기 짝이 없는 석실이었다. 정말 뭐가 없었다.

마기언의 연구실에서 볼 법한 기괴한 도구는 고사하고 책장 하나, 의자 하나 보이지 않았다.

그저 텅 빈 석실 바닥에 붉은 원이 덜렁 그려져 있는 게 전부였다.

'뭐야, 이거?'

레비나는 주위를 둘러보았다. 그녀가 들어온 통로를 제외하면 다른 출구는 보이지 않았다.

혹시나 싶어 살짝 발을 굴러본다.

퉁…….

소리의 반향을 통해 벽 너머에 다른 공간이 있는지를 조사해 본 것이었다.

'빈 공간 같은 건 없네.'

틀림없었다. 막다른 곳이었다.

'그럼 릴스타인은 어디 있고?'

이대로는 도저히 모르겠다. 레비나는 잠시 고민하다 눈을 감았다. 기감만으로 파악할 수 없다면 다른 수법을 쓸 수밖에.

사아아아…….

그녀의 전신에서 보이지 않는 투기의 실이 뿜어져 나오기 시작했다. 레비나 본인조차도 최대한 정신을 집중해야 겨우 파악이 가능할 정도로 희미하고 미약한 기운이다.

이는 기감으로도 감지할 수 없는 상대를 포착하기 위해 그녀가 창안한 새로운 수법이었다.

아주 미약한 생명체에만 닿아도 이 투기의 실은 소멸해 버린다. 그 소멸이 릴스타인의 위치를 파악하게 해줄 것이다.

'아무리 완벽한 마법이라도 존재 자체를 지울 순 없을 터.'

여전히 없다. 정말 어디에도 릴스타인이 감지되지 않는다.

레비나는 당황했다.

'어떻게 된 거지?'

그때였다. 묘한 감각이 투기의 실을 통해 그녀의 신경을 건드렸다.

'어?'

익숙한 감각이었다. 무신기, 천외천을 터득하며 느끼게 된 바로 그 감각.

'이건 공간이 흔들린 흔적인데?'

그 흔적은 보란 듯이 바닥에 그려진 붉은 원이 아니라 석실 한쪽의, 전혀 특이할 것 없는 평범한 석벽으로 이어지고 있었다.

레비나는 조심스레 석벽으로 다가갔다. 물론 함부로 벽을 건드리거나 하는 우는 범하지 않았다.

신중하게 석벽을 살피며 조심조심 상황을 파악하는 걸 우선으로 한다.

그럼에도 불구하고 어느 순간, 갑자기 그녀 주위의 모든 것이 변해 버렸다.

"헉!"

레비나는 놀라며 뒤로 한 걸음 물러섰다. 하지만 이미 늦었다.

그녀는 더 이상 붉은 마탑의 최하층에 서 있는 것이 아니었다.

어느새 정체 모를 거대한 공동의 한쪽 구석에 있었다.

"…이게 뭐야?"

＊　　　＊　　　＊

높이 10여 미터에 너비 30여 미터 정도의 널따란 원형 공간이었다.

사방이 막혀 있고, 광원은 천장에 줄지어진 마법의 등불뿐, 지상인지 지하인지도 알 수 없다. 창문 따윈 보이지 않았지만 공기는 맑다. 아마도 따로 환기구가 있는 듯하다.

그 중앙에 서서 레비나는 주위를 둘러보았다.

공간 내부에는 거의 200개 정도의 커다란 수정체가 줄지어 있었고, 용도를 알 수 없는 기괴한 구조물이 얽혀 있었다. 벽이며 바닥에도 마법진으로 보이는 복잡한 문양이 가득했다.

꽤나 전형적인 마기언의 연구 시설이다.

'적색 상아탑? 아니면 릴스타인의 다른 비밀 시설?'

어쨌거나 한 가지는 확실했다.

이곳은 붉은 마탑이 아니다. 전혀 다른 장소다.

'설마 공간을 이동했다고? 마법으로 그런 짓이 가능하단 말이야?'

자신도 무신기로 똑같은 짓을 하는 주제에 레비나는 경악했다. 하긴, 오직 자신만이 손에 넣은 신기(神技)라고 생각했는데 릴스타인도 같은 능력이 있다는 걸 알게 되었으니 충분히 놀랄 만은 했다.

레비나가 진정하며 기감을 펼쳤다.

'일단은 확인부터……'

성시한처럼 어마어마한 범위는 무리지만 그녀도 이제 무신급 소드하이어였다. 정밀도를 낮추면 반경 200여 미터까진 감지 영역을 넓힐 수 있었다.

이내 릴스타인의 기척이 감지되었다. 이 거대한 공간 반대편에 또 다른 공간이 있고, 그곳으로 이동 중이었다.

레비나는 안도의 한숨을 내쉬었다. 다시 돌아오거나 하지 않는 걸 보면 일단 릴스타인이 그녀의 존재를 눈치채거나 하진 않은 모양이었다.

'즉, 이 공간 이동은 릴스타인의 마법이 아니란 소리군.'

본인이 직접 펼친 마법이라면 이상이 생길 경우 바로 알아 차렸을 것이다. 아마도 제국 시절의 기물을 용케 손에 넣은 것 같다.

'하긴, 상관도 없는 내가 근처에 가자마자 자동으로 공간 이동이 되어버린 시점에서 그럴 거라고 생각은 했지. 만약 릴스타인이 제어하는 마법이었다면 최소한 록(lock)이라도 걸어놓았을 테니까.'

하여튼 당혹스러운 일이었다.

그녀가 원한 건 붉은 마탑의 내부 정보 정도였다. 설마 공간을 이동해 전혀 엉뚱한 장소로 떨어지게 될 줄은 몰랐다. 이런 게 가능하다는 생각도 못 해봤고.

이 상황에서 릴스타인에게 들키기라도 한다면 절대 좋게 끝나진 않을 것이다. 더 이상 잠입해서 정보를 캐낼 상황이 아니다. 원래 장소로 돌아갈 방법부터 찾는 것이 우선이다.

'그런데 여기서 어떻게 돌아가지?'

난처해하며 레비나는 일단 공간의 중앙으로 다가갔다. 그녀가 공간 이동을 해 도착했던 그 장소로 다시 가보는 것이다.

아무 일 없었다. 출구와 입구가 같지는 않은 것 같았다. 아니면 돌아갈 땐 따로 방법이 필요하다든가.

'그럼 릴스타인이 올 때까지 몸을 숨기고 있다가 공간을 넘

어갈 때 묻어가는 수밖에 없는데……'

레비나는 식은땀을 흘렸다.

이건 너무 무모한 짓이다. 성공할 수 있다는 보장 따윈 어디에도 없다.

'미치겠네.'

그렇게 주위를 둘러보던 중이었다. 문득 수정체 중 하나가 시선에 들어왔다. 그 내부를 본 순간 그녀는 인상을 썼다.

'저건 또 뭐야?'

수정체 내부에 실 한 오라기 걸치지 않은 중년 여인이 꽁꽁 언 채 갇혀 있었다.

엽기적인 광경이지만, 사실 마기언이 사람을 냉동 보관 하는 건 의외로 흔한 봉인 방법이라 놀랄 정도는 아니었다(실제로 성시한도 알리타를 처음 만났을 때 비슷한 발언을 했었다). 그저 눈살이 찌푸려질 뿐이지.

'무슨 짓을 하고 있는 거야, 릴스타인 이 인간?'

레비나는 혀를 차며 다른 수정체들도 살펴보았다.

상황은 비슷했다. 전부 인간을 가두고 있었다.

하지만 구성원이 특이하다. 성인 장정은 없고, 전원 여자나 아이, 혹은 노인들이다.

문득 레비나의 안색이 굳었다.

'이거 혹시……'

예전에 크림슨 나이츠의 정보를 수집하며 의아하게 여겼던 부분이 있다.

어째서 소환된 지구인들은 전부 건장한 성인 남성일까?

왜 릴스타인이 지구인 성인 남성을 초인급 소드하이어로 만들었느냐에 대한 의문은 아니었다. 아녀자나 노약자보단 성인 남성이 당연히 전투에 더 유리할 테니까.

의문스러운 것은, 어떻게 릴스타인이 지구인들 중에서도 건장한 성인 남성만을 쏙쏙 골라 소환했느냐는 점이었다.

'그게 아니었나?'

이 수정체 속 인간들의 정체가 지구인이라면 말이 된다.

건장한 성인 남성만 골라 소환한 게 아니라 왕창 소환해 놓고 그중 건장한 성인 남성만 고른 것이라면, 지배 한계를 넘는 노약자들은 모두 얼려서 봉인한 것이라면 앞뒤가 맞지.

'그러면 굳이 이들을 봉인해 둔 이유는?'

레비나는 빠르게 사고했다.

단순히 크림슨 나이츠로 써먹고 남은 인원을 봉인한 거라고 보기엔 시설이 과하다. 나머지가 불필요하다고 여겨지면 그냥 죽여 버리면 된다. 이렇게 따로 봉인했다는 건 뭔가 중요한 용도가 있다는 의미다.

'그냥 크림슨 나이츠의 예비 인원? 아니면 다른 이유가 있는 것?'

추리에 필요한 정보가 너무 적다. 좀 더 조사해 볼 필요가 있다.

레비나는 걸음을 옮겼다. 공동의 내부를 조심스레 이동하며 사방을 살피던 중이었다. 갑자기 눈앞의 모든 풍경이 변했다.

'앗!'

정신을 차려보니 도로 그 텅 빈 석실이었다. 붉은 마탑의 최하층으로 다시 공간 이동을 한 것이다.

'이런……'

레비나는 고소를 머금었다. 원래 장소로 돌아왔다는 안도감과 더 이상 정보를 캐낼 수 없게 되었다는 아쉬움이 공존한다.

그녀의 시선이 무심코 석벽 한쪽으로 향했다. 방금 전, 공간을 뛰어넘었던 바로 그 위치였다.

'도로 저기로 가면 다시 그 장소로 갈 수 있을까?'

고민하던 레비나가 고개를 저었다.

'아니, 너무 위험해.'

저 공간 터널이 계속 열려 있을 거란 보장은 어디에도 없다. 괜히 욕심부려서 한 번 더 건너갔다가 다시 못 돌아온다면?

행운은, 그 행운을 시험하려는 순간 불행으로 바뀌는 법이다.

'오늘은 여기까지.'

제법 쓸 만한 패를 건졌다. 릴스타인의 비밀 중에서도 중추에 접했으니 이것만으로도 그를 압박할 수단으로는 충분하다.

그녀는 욕심을 버리고 석실 밖으로 나섰다. 이왕 잠입한 것, 붉은 마탑 내부도 들쑤셔 볼 생각이었다.

'어차피 릴스타인이 돌아오기 전까진 나도 여기서 못 나가니까 말이야.'

들어올 때와 마찬가지로 나갈 때도 릴스타인에게 묻어가야 하는 처지였다. 아직 시간은 많았다.

희미한 미소와 함께 레비나가 어두운 계단을 오르기 시작했다.

*　　　*　　　*

아침 식사를 하던 중이었다. 릴스타인이 무심코 하품을 했다.

"하아암……."

식탁 맞은편에 앉아 있던 레비나가 눈을 가늘게 떴다.

"간밤에 잠을 못 잤나 보네, 릴스타인?"

"연구할 것이 좀 있었다."

릴스타인은 태연하게 대꾸하며 그녀를 흘겨보았다.

"그러는 넌 생생하군?"

"나야 푹 잤으니까."

실은 그녀도 몇 시간 못 잤지만, 소드하이어와 마기언의 체력을 비교할 순 없는 노릇이지.

레비나가 야시시한 표정을 지으며 몸을 꼬았다.

"아잉, 밤마다 괴롭혀 줄 서방님이 안 계셔서 계속 독수공방 중이잖아."

결혼식을 올린 지 한참이 지났지만 이 고귀한 신혼부부는 아직 합방을 하지 않았다. 아니, 합방은 고사하고 같은 침대에서 잔 적도 없다.

릴스타인이 정색을 하며 대꾸했다.

"아무리 나라도 무신급 소드하이어를 옆에 두고 잠들 정도의 배짱은 없거든?"

"나도 그건 마찬가지야. 플로어 마스터 앞에서 정신줄을 놓았다가 무슨 꼴을 당할지 어떻게 알고?"

어깨를 으쓱이며 그녀는 슬쩍 릴스타인의 눈치를 보았다.

그는 도로 식사에 열중하고 있었다. 보아하니 딱히 간밤의 일은 더 이상 신경 쓰지 않는 표정이었다.

도적들에게 상대의 진위를 파악하는 능력은 필수 덕목이다. 그리고 레비나는 그 도적들의 여왕이었다.

예전부터 그녀는 상대의 표정이나 호흡, 동공의 확장이나 체온 변화를 통해 거짓을 가려내는 데 능숙했다.

무신급의 경지에 오른 지금은 그 능력도 가히 극에 다다랐다. 마법의 거울이 아니라 눈앞에서 대면할 경우엔 확실하게 상대의 거짓을 가려낼 자신이 있었다.

틀림없었다. 릴스타인은 아무것도 알아차리지 못했다.

그녀는 속으로 웃었다.

'좋아, 들키지 않았어.'

* * *

사파란 왕국의 서부 관문인 크롬시타델이 함락되자 릴스타인은 더 이상의 전투를 포기하고 전군에 후퇴를 명했다.

본국의 원군을 보내지 못하는 이상 방어는 어차피 무리다. 싸워봤자 보나 마나 패할 테니 괜히 아군의 전력만 소모할 뿐이다. 아니, 그나마 싸워서 패하기라도 하면 다행이다.

이계구원자가 앞장선 걸 본 릴스타인 주둔군의 대부분은 알아서 백기를 들었다. 전력이 소모되는 걸로 끝이 아니라, 그때마다 삼국동맹군의 병력을 더 늘려주는 악순환이었다.

더 피해를 보기 전에 릴스타인은 전군을 사파란 왕국 남부의 국경 지대까지 후퇴시켰다. 그리고 절대 양보할 수 없는 요

충지인 백색 상아탑에 남은 모든 전력을 집중시켰다.

삼국동맹군이 국경을 넘어 진군한 지 25일째.

결국 성시한과 휘하 부대는 사파란 왕국의 수도 아올라드를 탈환했다. 왕국 북부 전역이 릴스타인의 손아귀에서 벗어난 것이다.

성시한과 카렌, 바락을 비롯한 6,000의 군세가 기세등등하게 성문을 통과해 왕성으로 향했다. 참고로 2,000이 늘어난 이유는, 그동안 변절한 릴스타인 왕국군의 숫자가 포함되었기 때문이다.

수도에 입성하는 삼국동맹군을 향해 시민들은 아낌없는 환호를 보냈다.

"해방군 만세!"

"이계구원자 만세!"

성시한의 인기는 역시 드높았다.

원래 과거란 아무 짓 안 해도 알아서 미화되게 마련. 지난 십 년간 혁명 6영웅은 자신들의 인기를 착실히 깎아먹은 반면 이계구원자는 여전히 평판이 유지되고 있었으니 당연한 결과였다.

왕성의 신하들도 순순히 성시한을 인정하고 지배하에 들어갔다. 아올라드를 장악한 뒤 그는 대대적으로 선포했다.

"이제 이 나라는 다시 정당한 후계자의 손으로 돌아갈 것이다!"

여기서 문제가 생겼다.

그래서 대체 누가 사파란의 정당한 후계자란 말인가?

*   *   *

젊어서부터 난봉꾼이었던 젝센가드는 그 무절제의 대가로 아인츠라는 착실한 후계자를 남겼다. 세상 모든 일에는 장단점이 있다는 좋은 사례라 할 수 있겠다.

테오란트의 경우엔 자식들이 국왕의 지위에 오르기에 너무 어렸지만, 대신 친동생인 에란트가 있었다. 그것도 단순한 혈육이 아니라 혁명전쟁 시절부터 혁명군의 승리에 공헌해 온 공신이고 왕국의 재상으로도 많은 업적을 남긴 자였다.

이들은 충분히 후계자의 자격이 있었다. 그래서 별문제 없이 새로운 국왕이 되었다.

그런데 사파란은 상황이 애매했다.

정식으로 결혼도 했고, 애첩도 제법 두고 있던 사파란이지만 그는 여태 자식이 없었다.

원래 아이란 한 방에 덜컥 생기기도 하고, 몇 년을 고생해도 안 생기기도 하는 법이니 딱히 희한하게 볼 일은 아니다. 그리고 몸 쓰는 전사들에 비해 비리비리한 마기언이 상대적으로 남자의 힘(?)이 약한 것이 뭐가 이상할까? 사파란의 나이가 아직 젊으니 후계자에 대한 문제도 크게 거론되진 않았다.

그러나 이제 그가 죽어버렸으니 상황이 골치 아프게 되었다.

성시한과 카렌의 주도하에 과거 사파란 정부의 중추들이 모여 회의를 열었다. 시한이 카렌을 보며 물었다.

"가만있자, 사파란은 형제가 없었지?"

카렌이 무심하게 대꾸했다.

"다 죽었죠."

십 년 전엔 그리 친하게 지냈었으니 서로 간의 인적 사항쯤은 뻔히 알고 있다.

기억을 더듬으며 성시한이 말을 이었다.

"그리고 아마 친척들도……."

"역시나 대부분 죽었죠."

과거 혁명 7영웅이 루스클란에 대항해 싸울 때, 제국 역시 가만있지는 않았다.

반역죄는 삼족을 멸하는 것이 광제의 방식이었다. 지구인인 성시한이나 고아였던 레비나, 카렌의 경우엔 별문제가 없었지만 다른 이들은 테라노어 곳곳에 혈연이 남아 있었다.

릴스타인과 사파란, 테오란트와 젝센가드의 친인척들 대부분이 처형을 당했다. 뭐, 다들 친인척들과 척진 경우가 대부분이라 별 타격은 받지 않았지만.

이제 와서 사파란의 혈통을 찾으려면 사돈의 팔촌까지 싹다 훑어야 할 판이었다.

"그런데 그렇게 해서 용케 찾아봤자, 후계자 자격이 있을 리가 없잖아요?"

카렌의 말이 옳았다. 시한도 납득했다.

"하긴, 사파란부터가 혈통으로 왕이 된 것도 아닌데 친자식이라면 모를까, 그냥 혈연이라는 이유만으로 백성들이 인정할 리가 없겠지?"

그렇다고 삼국동맹 중 누군가가 왕위에 오를 수도 없다. 해방의 기치를 올려놓고 입성한 다음 '왕 될 놈 없음? 그럼 내가!'라며 덜렁 왕좌에 앉으면 누가 납득할까? 촌극도 그런 촌극이 없겠지.

새로운 국왕은 어디까지나 사파란 왕국민이어야 했다.

그것도 모두가 인정할 정도로 혁명전쟁 시절 공을 세운 바 있으며, 충분한 인망과 나이를 지녀 백성들이나 과거 사파란의 수하들이 순순히 따를 수 있어야 한다.

"가만있자."

성시한은 슬그머니 옆을 돌아보았다.

이 조건이 전부 들어맞는 이는 한 명뿐이었다.

"국왕의 자격이 있는 사람은 당신밖에 없는데, 하이어 브렌탈?"

아무 생각 없이 앉아 있던 회색 머리의 중년인이 눈을 휘둥그레 떴다.

"네? 저요?"

올해로 53세가 되는 이 백호기사단의 수장은 지금껏 정치에 전혀 관심을 두지 않았다. 타고난 무인인 그는 내내 섬기던 주군의 복수만을 신경 쓰고 있었다.

"저보고 왕 노릇을 하라는 말씀이십니까?"

"그럼 달리 누가 있어?"

"저는 시한 단장이 하실 줄 알았습니다만… 이계구원자가 새로운 국왕이라면 백성들도 기뻐할 테니까요."

"나는 안 돼."

그는 복수를 마치면 지구로 돌아갈 생각이었다. 임시라 하더라도 일국의 왕이 되는 것은 너무 무책임한 짓이다. 그리고 설사 테라노어에 남는다 하더라도 사파란 왕국의 국왕은 될 수 없다.

카렌이 그 이유를 말했다.

"시한이 왕이 되면 이 나라의 백성들은 기뻐하겠죠. 그런데 딴 나라의 백성들은요?"

"아……."

브렌탈이 그 말을 알아듣고 신음을 흘렸다.

이계구원자의 영향력은 너무 크다. 그가 사파란 왕국의 국왕이 되면 자동적으로 이나시우스 교국, 테오란트 왕국, 라텐베르크 왕국이 사파란 왕국의 밑에 들어가 버리는 셈이 된다.

"시한은 왕이 될 수 없어요, 황제는 될 수 있을지언정."

카렌의 단언에 성시한이 머리를 긁적였다.

"잘난 척하는 것 같아서 좀 그렇지만, 맞는 말이지."

테라노어 전체를 지배하든가, 아니면 아예 아무도 지배하지 않든가.

이계구원자의 선택지는 이것뿐이다.

따져 보면 정말 브렌탈 말고는 왕 노릇 할 사람이 없었다.

"그, 그렇군요."

황당해하면서도 브렌탈은 고개를 끄덕였다. 생각도 안 해본 일이었지만, 듣고 보니 납득은 갔다.

동시에 근심이 밀려왔다.

"하지만 전 정치라곤 전혀 모르는 일개 무부입니다. 그런 제가 어찌 백성들을 다스릴 수 있을까요?"

무인이라도 훌륭한 국왕이 되는 경우가 역사 속에 없는 건 아니다. 하지만 가장 최근에 왕이 된 무인이 다들 그다지 명군이 아니었는지라…….

"젝센가드나 테오란트의 전철을 밟게 될지도 모릅니다만?"

부드럽게 웃으며 카렌이 브렌탈을 달랬다.

"그런 생각을 하는 시점에서, 당신은 그 두 사람과 이미 다른 출발을 하고 있어요. 걱정할 필요는 없을 것 같네요, 하이어 브렌탈."

"아, 예……."

결국 브렌탈은 유예를 요구했다.

"시간을 주십시오. 바로 결정할 수 있는 일이 아니군요."

사흘 동안 심사숙고한 끝에 그는 국왕의 자리를 받아들였다.

건국왕을 기리는 뜻에서 국명은 사파란 왕국으로 유지되었다. 젝센가드와 달리 사파란이 통치적인 문제점 때문에 쫓겨나거나 한 것은 아니었으니까.

태양의 신전에서 대관식이 열렸다. 아란 테세린의 대신관이 일월성신의 이름으로 새로운 국왕을 축복했다.

사파란 왕국, 브렌탈 왕조의 출범이었다.

*　　　*　　　*

비록 절반이긴 하지만 사파란 왕국을 수복했다. 새로운 국왕도 세웠다. 이에 삼국동맹군은 일단 전쟁을 멈추고 전열을 추슬렀다.

수도 아올라드의 정세를 안정화시켜야 했고, 또 병사들에게도 휴식이 필요했다. 바로 남하해 릴스타인을 마저 상대하기엔 상황이 여의치 않은 것이다.

덕분에 성시한도 간만의 여유 시간을 가지게 되었다.

물론 그렇다고 대충 퍼져서 놀았다는 의미는 아니다. 이어질 전투를 위해 조금이라도 더 강해질 필요가 있다.

아올라드 중앙에 위치한 화려한 궁전 안뜰에서, 오늘도 시한은 수행에 매진하고 있었다.

안뜰 중앙에 서서 검을 뽑아 든다. 롱 소드 형태의 디재스터를 허공에 겨누며 차분히 정신을 집중한다.

"후우우……."

심호흡을 하며 전신의 투기를 제어해 거대한 격류로 바꾼다. 전신에서 황금의 광채가 뿜어져 나오기 시작한다.

"무신기, 천외천!"

금빛 불길이 일렁이며 입자가 되어 사방으로 흩어져 사라졌다. 동시에 안뜰 저편, 십여 미터쯤 떨어진 허공이 일그러졌다.

우우웅!

기이한 굉음과 함께 공간 일부가 일그러지며 풍경이 말려들어 가다가 이내 원래 모습으로 돌아왔다.

시한이 한숨을 쉬며 이마의 땀을 훔쳤다.

"어휴, 또 실패네."

그때였다. 갑자기 안뜰 반대편에서 웅장한 폭발음이 들려왔다.

콰아아앙!

한 줄기 마법의 섬광이 하늘 높이 솟구치는 것이 보였다. 8층 섬광계 주문, 아케인 스트라이크의 빛이었다. 구름을 쪼개며 날아오른 그 파괴의 빛은 한 소녀의 손끝에서 출발하고 있었다.

잠시 후 빛이 사라졌다.

봄의 하늘에 구멍을 뻥 뚫는 위업을 달성한 백금발의 소녀가 어깨를 축 늘어뜨리며 시무룩한 표정을 짓는다.

"아웅, 또 실패야."

빙그레 웃으며 시한이 소녀에게 다가갔다.

"잘 안 돼?"

고개를 저으며 알리타가 입술을 삐죽였다.

"도저히 컨트롤이 안 되네요."

무슨 엄청나게 세밀한 마법을 구사하려는 것도 아니다. 그냥 예전에 잘만 썼던 7층 주문, 아케인 블래스트를 쏘는 것이 목적이다.

그런데 마력이 워낙 높아지다 보니 이젠 그조차도 힘들었다. 마력이 계속 멋대로 폭주하는 것이다. 결국 8층 주문 아케인 스트라이크를 날리며 마력 컨트롤 감각만 익히는 게 전부였다.

자신의 손바닥을 내려다보며 알리타가 툴툴거렸다.

"아이참, 이놈의 마력은 왜 아무 짓 안 하는데도 자꾸 늘어나는 거지?"

"간절히 기원하면 우주가 마력을 내려주는 게 아닐까?"

"간절하지도 않고 기원한 적도 없거든요?"

알리타가 눈을 흘겼다. 그 농담 같지도 않은 헛소리는 대체 정체가 뭐냐는 듯한 눈빛이었다.

쓴웃음을 지으며 시한이 화제를 돌렸다.

"하여튼, 둘 다 뭔가 잘 안 되네."

"시한도 잘 안 되나요?"

"응, 분명히 똑같이 따라 하긴 하는데……."

레비나의 무신기를 접한 뒤 시간이 날 때마다 천외천을 재현해 보려 노력했다. 수시로 연습하며 투기 흐름을 조율해 보았다.

하지만 결과는 영 신통치 않았다.

뭔가 감은 오는데, 그렇다고 공간을 다룰 수 있게 되었냐 하면 그렇진 않다.

"공간이 어떻게 되는 것 같긴 한데, 이게 아니다 싶은 느낌이 더 강하단 말이지."

"그게 무슨 소리예요?"

"아니, 이게 말로 설명하기 좀 어려워서… 허공의 공간을 휘 젓다 마는 느낌이라고 해야 하려나?"

알리타가 피식 웃었다. 저쯤 되면 더도 말고 덜도 말고 그 냥 횡설수설이다.

"진짜 어렵긴 한가 보네요."

시한도 마주 웃었다. 그가 어깨를 으쓱였다.

"뭐, 무신기쯤 되면 투기의 흐름을 베껴도 바로 재현할 수 없는 쪽이 정상이긴 해."

팔방지검 때도 그랬다. 분명히 투기의 흐름도 똑같고, 투기 량도 똑같은데, 서로 다른 여덟 개의 검을 구현하는 건 도무 지 되지 않았다.

"말로는 설명할 수 없는 플러스알파가 존재한다는 느낌? 그 래서 그냥 투기량을 때려 부어 십이지검으로 만들었지."

천외천 같은 경우는 팔방지검보다 고난도의 기술이다 보니 투기량 때려 붓는 정도로는 때울 수 없었다. 최소한 공간을 다루는 기본적인 깨달음은 스스로 붙잡아야 했다.

"갈 길이 멀구만… 음?"

투덜거리던 성시한이 문득 고개를 돌렸다. 안뜰 저편에서 인기척이 느껴진 탓이었다.

"대장!"

"시한 대장님!"

창천기사단의 일원 두 사람이 이쪽으로 달려오고 있었다. 그런데 어째 꽤 다급해 보이는 표정이다.

'무슨 일이지?'

그렇다고 무슨 큰일이 생긴 것도 아닌 듯했다. 급하긴 한데, 딱히 초조하거나 한 것도 아니고 그냥 뭔가 기쁜 일이 생겨서 잔뜩 흥분한 얼굴?

"뭐야, 왜 그리들 신났어?"

시한이 다가온 두 사람에게 물었다.

"그들이 돌아왔어요!"

"누구?"

이어진 대답을 들은 순간, 성시한의 표정도 이들과 비슷하게 바뀌었다.

"에세드 부대장 말입니다!"

"실피스 부대장도 함께 왔습니다!"

*   *   *

성시한은 허겁지겁 방문을 열었다.

두 남녀가 방 안에 서 있었다. 30대 후반의 건장한 사내와 30대 중반의 날씬한 여인이었다.

사내를 향해 시한이 반가운 외침을 터뜨렸다.

"에세드!"

에세드는 테라노어 북부 델라이 인종 특유의 회색 머리칼과 연한 갈색 눈동자를 지닌 차가운 인상의 소유자였다. 뺨에 오래된 자상이 있고, 팔뚝에도 자잘한 흉터가 혼재해 산전수전 다 겪은 전사임을 증명하고 있었다.

그가 시한을 향해 감격한 표정을 보였다.

"…정말 돌아오셨군요, 시한 님."

성시한의 시선이 반대편으로 옮겨졌다. 짧게 커트한 갈색 머리에 흑청색 눈동자, 예리한 눈매를 지닌 여인이었다.

"실피스도……."

"와, 정말 많이 컸네요, 대장?"

두 사람을 번갈아 보며 시한은 감회 어린 표정을 지었다.

과거 창천기사단에는 이계구원자 밑에 네 명의 부대장이 있었다.

에세드, 실피스, 우드로우, 콘라드.

에세드는 그중에서도 이인자 격으로 성시한의 심복이었다.

십 년 전에 이미 달인급의 극에 다다른 강자였으며, 무학자(武學者)로서도 조예가 깊어 파산기며 창천기사단의 고유 투기술인 천강기, 진천기 등을 정립한 이이기도 했다(만들기야 성시한이 만들었지만, 그걸 이론화한 건 에세드였다).

실피스 역시 여인의 몸으로 네 부대장 자리 중 하나를 차지했던 강자 중의 강자였다. 실로 믿을 만한 아군이 합류한 것이다.

한참 재회의 기쁨을 나누던 중이었다. 한 대머리 사내가 허겁지겁 방문을 열고 들어왔다.

우드로우였다. 그 역시 에세드와 실피스의 방문 소식을 듣고 달려온 것이었다.

옛 동료와의 재회를 기뻐하며 우드로우가 탄성을 터뜨렸다.

"우와! 에세드! 살아 있었구만?"

옛 동료의 변모에 경악하며 에세드가 입을 쩍 벌렸다.

"우드로… 우?"

"응? 왜 그런 표정이야?"

"너, 머리가……."

그렇다. 우드로우의 헤어스타일(?)이 십 년 전에도 저러지는 않았던 것이다.

멋쩍은 듯 머리를 쓰다듬으며 우드로우가 쓴웃음을 지었다.

"아, 서른 넘어가면서 갑자기 빠지더라고."

에세드는 신음했다.

"아아!"

그 속엔 실로 짙은 한탄이 배어 있었다.

성시한은 미처 못 느낀 모양이었지만, 사실 나이 좀 먹은 남성들에게 현재 우드로우의 모습은 실로 두려운 것이다. 자기 머리도 언제 저렇게 될지 모르는데?

누가 인간을 서로 이해하지 못하는 종족이라 했던가? 남 일이 아니게 되면 인간은 실로 이해로 충만한 존재가 된다.

에세드가 진심을 담아 우드로우를 격려했다.

"히, 힘내게나……."

"저기, 나 정도 되면 오히려 신경 안 쓰이거든? 그러니까 그런 눈으로 보지는 말지?"

"그런 말을 하는 것 자체가 이미 신경 쓰고 있단 소리 아닌가?"

어쨌거나 별로 중요한 문제는 아니고.

재회의 인사를 나눈 뒤 이들은 테이블에 둘러앉았다. 시한이 두 사람을 보며 물었다.

"둘 다 그동안 어떻게 지냈어?"

창천기사단과 합류한 뒤 성시한은 켈테론을 시켜 다른 창천기사단원들 역시 찾아보려 했다. 하지만 통 성과가 없었다.

"도저히 못 찾겠다던데?"

그럴 법하다며 에세드가 고개를 끄덕였다. 그리고 허리의 장검을 툭툭 두들기며 말했다.

"그냥 여기저기 떠돌아다녔습니다. 이 녀석이랑 같이."

성시한이 지구로 돌아가고 더 이상 제국도 존재하지 않게 되자, 에세드는 미련 없이 혁명군을 떠났다.

기본적으로 그는 권력이나 부귀영화에 큰 관심이 없는 성격이었다. 그저 순수하게 검의 길을 추구하는 것이 유일한 낙이었다.

"딱히 이름을 감추거나 하진 않았지만, 한곳에 머물지 않았으니 행방을 알아내기 쉽진 않았겠죠."

반면 실피스는 한곳에 계속 머물렀다고 했다.

"콘라드랑 저, 결혼했거든요. 벌써 십 년째예요."

"그래? 결국 그렇게 됐네. 축하해."

혁명전쟁 시절부터 사귄 두 사람이었다. 전쟁만 끝나면 검을 놓고 결혼해서 조용히 살자며 자주 다짐하곤 했었다. 그리고 시한은 그때마다 사망 플래그 세우지 말라고 열심히 구박했었지.

"지금도 궁금한 건데, 대체 그 '죽음의 깃발'이 무슨 소리였어요?"

"아, 그런 게 있어. 신경 꺼."

그 모습을 지켜보며 알리타는 새삼 깨달았다.

'저 지구산 헛소리는 십 년 전부터 했던 거구나.'

하여튼 결혼한 콘라드와 실피스는 더 이상 소드하이어로

행세하지 않았다. 정체를 감추고, 혁명군 시절 모은 돈으로 한적한 곳에 토지를 사 농민으로서의 삶을 살아왔다.

"그랬으니 못 찾았겠죠."

"그렇군."

고개를 끄덕이던 시한의 안색이 문득 변했다.

"그런데 콘라드는? 혹시 무슨 일 생긴 건 아니지?"

실피스가 손을 내저으며 웃었다.

"아, 멀쩡히 잘 살아 있으니까 걱정 마요."

몸도 건강하고 무술적 기량도 여전한 콘라드가 지금 그녀와 함께 오지 않은 이유는 간단했다.

"애가 둘이라서요. 일곱 살짜리 딸 하나, 다섯 살짜리 아들하나."

그간 부부간의 금실이 꽤나 좋았던 모양이다.

"애들 놔두고 부모가 모두 집을 비울 순 없잖아요?"

"아, 하긴……."

인생사가 다 그런 법이다. 세상을 구하는 것 못지않게 아이들 챙기는 것도 중대한 문제다. 둘 다 해야 한다면, 부부가 나눠서 해야지, 어쩌겠어?

"그런데 보통은 여자가 남고 남자가 움직이지 않나?"

시한의 의문에 대한 실피스의 답변은 명쾌했다.

"콘라드가 살림을 더 잘해요. 요리도 더 잘하고."

하긴, 생각해 보니 예전부터 콘라드가 꽤 가정적인 성격이 긴 했었다.

'대신 사람 잡는 건 실피스가 훨씬 잘했었지?'

어쨌거나 저런 이유로 콘라드가 실피스보단 애를 훨씬 잘 본다는 것 같았다. 애들도 엄마보단 아빠를 더 따르고.

"애들이 제 엄마를 별로 안 좋아하더라고요. 왜 그럴까?"

실피스가 이해가 안 간다며 고개를 갸웃거렸다. 성시한과 우드로우, 에세드는 떨떠름한 표정을 지었다. 셋 다 그럴 줄 알았다는 듯한 얼굴이었다.

'아, 그야 십 년 전에도 부대원들을 개 잡듯 잡았으니……'

'그 성깔이 어디 갔겠어?'

'당연히 애들은 콘라드를 더 좋아하겠지.'

문득 우드로우가 에세드를 노려보았다.

"그런데 왜 이제야 나타난 건가? 우리 소식 못 들었나, 혹시?"

몇 년 전 창천기사단이 테오란트 왕국에서 축출당한 이야기는 꽤나 널리 퍼졌다. 이후 라텐베르크 왕국에서 다시 한번 세상에 모습을 드러내기도 했다. 지나가는 이야기로라도 들었을 법하다.

"연락 정도는 하지 그랬나?"

원망 섞인 우드로우의 질문에 에세드가 어깨를 으쓱였다.

"변명하는 게 아니라, 정말로 아무 소식 못 들었거든."

실피스 역시 마찬가지였다.

"나도."

둘 다 지난 십 년간 사회의 주류에서 벗어난 삶을 살고 있었다. 테오란트 왕국이나 라텐베르크 왕국에서 거주한 것도 아니었다.

창천기사단이 아무리 유명해도 일단은 남의 나라 이야기. 저 정도 소문이 일개 백성들에게까지 퍼지진 않는 것이다.

실제로 한국인치고, 미국의 민주당이나 공화당에 뭔 일이 생겼는지 아는 사람이 몇이나 있겠나? 미국 대통령이 누구인지 모르는 사람은 거의 없겠지만.

이계구원자의 귀환 정도는 되어야 대륙 구석구석까지 소문이 퍼지는 것이다. 덕분에 이제야 소식을 접하고 허겁지겁 찾아온 두 사람이었다.

"아마 다른 녀석들도 사정은 비슷할 겁니다."

에세드가 은둔한 과거의 동료들을 언급했다. 콘라드나 실피스처럼 전쟁이 끝나고 조용히 사는 창천기사단원들의 수가 제법 되었다.

실피스도 동의를 표했다.

"이제 시한 대장이 돌아왔다는 걸 알게 됐으니 다들 다시 모습을 드러내겠죠."

콘라드처럼 사정이 있는 이들도 있겠지만, 대부분 성시한에게 힘이 되고자 할 것이라는 게 실피스의 설명이었다. 그녀 역시 그 소문을 듣고 분노했으니까.

실피스가 주먹을 불끈 쥐며 싸늘한 음성을 토했다.

"그 더러운 것들을 그냥 둘 수 없죠!"

이어서 대단히 가련하다는 듯한 시선을 보낸다.

'아아, 불쌍한 우리 대장. 내가 그렇게 개 성격 이상하다고 했었는데!'

시한이 쓴웃음을 지으며 입을 열었다.

"아, 그거 말이지……."

이들에겐 진실을 알려줄 필요가 있다. 그는 설명을 시작했다.

권력욕이 어쩌고, 서로 간의 문화 차이가 어쩌고, 서로 이해를 하지 못해 사이가 벌어지고, 그것이 결국 배신으로 이어지고…….

에세드가 설명을 듣다 말고 고개를 갸웃거렸다.

"어쨌거나 릴스타인과 레비나가 눈이 맞긴 맞았다는 거죠?"

실피스도 비슷한 표정이었다.

"그러니까 둘이 결혼했잖아요?"

"아니라니까?"

시한은 황당해하며 한숨을 내쉬었다. 어째서 릴스타인의 통솔력이 그토록 흔들리고 있는지 알 수 있을 것 같았다.

'서로 잘 아는 사이에, 진실을 알려줘도 이렇게 받아들일 정도인데 다른 사람들은 오죽하겠냐?'

그는 문득 창밖을 내다보았다. 저 멀리, 푸른 하늘 너머로 엄지를 척 내밀며 환하게 웃는 켈테론의 환영이 보이는 듯했다.

'그거 보십쇼! 인간, 별거 없다니까요?'

*　　　　*　　　　*

신부는 신랑에게 선포했다.

"이대로는 못 살아! 친정으로 돌아가겠어요!"

신랑, 릴스타인은 한심하다는 얼굴로 자신의 신부를 노려보았다.

"장난치지 말고. 좀 진지해져 보는 게 어떨까, 우리?"

레비나가 빙그레 웃었다.

"이 대사, 꼭 한번 해보고 싶었거든."

농담처럼 말하긴 했지만 틀린 말도 아니었다.

삼국동맹이 퍼뜨린 악질적인 소문은 릴스타인뿐 아니라 레비나에게도 상당한 타격을 주었다. 슬슬 팔로스 왕국으로 돌아가 휘하 귀족들을 다독일 시기였다.

"음……."

레비나의 말에 릴스타인은 생각에 잠겼다.

"그럭저럭 좋은 기회인 것 같군."

사파란 왕국이 부활하고 브렌탈이 왕좌에 올랐다. 이제는 삼국동맹이 아니라 사국동맹이 되었다.

겉보기엔 릴스타인이 불리하지만 거꾸로 생각하면 이는 동맹군에서 초인급 소드하이어와 백색 상아탑 출신의 전투 마기언, 그리고 백호기사단이 분리되었다는 의미이기도 했다.

"국왕이 된 이상 브렌탈도 함부로 왕궁을 떠나진 못하겠지. 수호 기사인 백호기사단도 마찬가지고."

뭉쳐 있던 성시한의 세력 일부가 분리되었다. 그만큼 릴스타인 측에도 여유가 생긴 것이다.

하지만 레비나는 생각이 달랐다.

"과연 그럴까?"

이계구원자가 돌아왔다. 그리고 저 악질적인 소문이 사방에 퍼졌다.

"에세드나 콘라드, 실피스가 소문을 듣고도 가만히 있을 것 같아? 살아 있다면 분명히 옛 대장을 찾아갔을걸?"

과거의 창천기사단이 제 모습을 되찾는다면 브렌탈이나 백호기사단이 분리된 것 이상의 전력 강화로 연결된다.

"사파란 왕국 쪽 세력이랑 잠깐 헤어졌다고 전력이 약화되었을 리 없어."

"나도 거기까진 염두에 두고 있다."

머릿속으로 뭔가를 계산한 뒤 릴스타인이 말을 이었다.

"팔로스 왕국이 움직여 줘야겠어."

원래 그의 계획은 자신과 레비나가 대륙 동서에서 일제히 밀어붙여 동맹군을 천천히 압박하는 것이었다. 그러나 릴스타인이 수하들의 통제력을 잃었으니, 이를 회복하기 전까진 함부로 움직일 수 없게 되었다.

'실은 어차피 한동안 왕성을 못 떠나지만, 이렇게 설명해 두는 쪽이 낫겠지.'

릴스타인은 진짜 이유는 숨긴 채 천연덕스레 말을 이었다.

"덕분에 이쪽은 아직 직접 나설 수 있는 처지가 아니야. 하지만 레비나, 넌 나보다 상황이 나을 테지?"

"그렇긴 해."

분명 레비나의 권력은 삼국동맹의 프로파간다로 인해 꽤나 타격을 받았다. 하지만 릴스타인만큼은 아니었다.

소문이 퍼지기 전부터 그녀는 군대를 모으고 정비하며 전시체제를 유지해 왔다. 직접 앞장서 고룡의 둥지를 소탕하며 힘을 떨치기도 했다.

이나시우스 교국에서 패배한 후 준 전시체제로 돌아선 릴스타인 왕국과 달리 아직은 통제력이 남아 있는 것이다.

"오히려 내 상황에선 전쟁을 일으키는 쪽이 통솔력을 빠르게 회복할 수 있겠지. 하지만 나 혼자 나서서 화살받이 되고 싶은 생각은 없는데?"

릴스타인 왕국의 협조 없이 팔로스 왕국군만으로 전쟁을 일으키면 필패다. 두 사람 모두 그 사실은 잘 알고 있었다.

"삼국동맹을 무너뜨리란 소린 안 해. 흔들어주기만 해도 충분하다."

"그러다가 시한이 창천기사단을 끌고 나타나면?"

지금 창천기사단엔 용병왕 바락이 있다. 카렌도 함께 움직일 가능성이 높다.

"아무리 나라도 퀸즈 나이츠만으로는 상대가 안 돼. 적당히 흔들려다가 실족사하고 싶진 않은데?"

물론 릴스타인도 그녀에게 저 정도의 무모함을 요구하는 건 아니었다. 요구해 봤자 먹힐 리도 없고.

그가 단도직입적으로 말했다.

"초인급 소드하이어 40명을 넘겨주지."

그동안 소모된 크림슨 나이츠를 다시 80명까지 회복했다. 물론 조금 더 시간을 들이면 100명까지 늘어나겠지만 당장은 저것이 전부였다.

무려 현존한 전력의 절반을 넘기겠다는 파격적인 제안이었다.

"새 크림슨 나이츠는 전원 패왕기를 익혔고, 실전에도 익숙하다. 더 이상 경험 없는 반쪽짜리가 아니야. 이 정도면 충분하겠지?"

"호오, 날 믿을 수는 있는 거야, 초인급 소드하이어를 40명이나 넘겨줄 정도로?"

레비나를 보며 릴스타인이 차가운 미소를 지었다.

"널 믿는 게 아니다. 내 마법을 믿는 거지."

설사 그녀에게 크림슨 나이츠의 통제권이 넘어간다 해도 얼마든지 회수할 수 있다는 자신감이 담긴 미소였다.

'하긴, 그 정도가 아니면 저 소심한 인간이 부하들에게 크림슨 나이츠를 넘길 리가 없겠지.'

레비나는 속으로 납득하며 잠시 고민에 잠겼다.

그리고 결정을 내렸다.

"80명 내놔."

"…뭐?"

"크림슨 나이츠 80명, 전부 내놓으라고. 그럼 원하는 대로 삼국동맹, 아니, 이젠 사국동맹인가? 하여튼 저쪽을 흔들어줄게. 가능하면 전력도 좀 깎고."

릴스타인은 어이가 없어 잠시 말문이 막혔다.

저건 릴스타인 개인의 안전을 아예 포기하란 소리다. 만약 시한 일행이 레비나를 무시하고 바로 그를 노린다면?

그땐 대책 없다. 그냥 죽는다.

"지금 장난하자는 건가? 내가 당하면 너 혼자서 시한을 감당해 낼 수 있을 것 같아?"

아니면 혹시 그가 죽은 뒤 크림슨 나이츠를 차지하려는 속셈인가? 그렇다면 심각하게 착각하고 있는 것이다.

"내가 죽으면 크림슨 나이츠는 정신 지배에서 풀려난다. 네 부하가 되는 일 따윈 없어, 레비나. 80명의 초인급 광전사가 네게 미친 듯이 달려들 뿐이야."

레비나가 고개를 저었다.

"나도 당신이 죽기를 바라는 건 아냐, 릴스타인. 진심으로 하는 소리야."

분명 그녀는, 성시한을 처리하기 전에 릴스타인이 죽으면 대단히 곤란한 상황에 빠질 것이다.

반대로 레비나가 죽는다고 해서 릴스타인이 딱히 곤란해질 것 같진 않다.

'확실하게 기선을 잡아놓지 않으면 추후에 곤란해지겠지?'

릴스타인은 그녀를 노려보며 이해하지 못하겠다는 표정을 지었다.

일단 그가 살아 있길 바란다는 말 자체는 진심으로 보였다. 그럼 이 어처구니없는 요구는 대체?

"시한 녀석이 동료를 이끌고 델스트로이로 쳐들어오면 어쩌라고?"

"간단하잖아? 너무 간단해서 당신은 미처 생각하지 못한 것 같지만."

"……?"

"도망쳐. 달아나. 숨어."

순간 릴스타인의 인상이 일그러졌다.

"…일국의 왕보고, 수도와 백성을 버리고 도망가라는 거냐?"

안 그래도 지금 통솔력이 떨어진 판인데, 그런 짓까지 하면 걷잡을 수 없게 될 것이다.

하지만 레비나는 여전히 단호했다.

"응."

환한 얼굴로 배시시 웃으며 조롱을 잇는다.

"사랑하는 아내를 장기짝으로 쓸 생각이면 그 정도의 리스크는 짊어져 주셔야죠, 서방~ 님?"

"……."

날카로운 시선이 허공에서 교차했다. 희미한 살기가 서로에게서 피어올랐다.

두 사람은 한참 동안 말이 없었다.

"포기해, 릴스타인."

먼저 침묵을 깬 건 레비나였다.

"현명한 마기언이라면 여기서 해답을 얻었을 텐데? 난 저 조건이 아니면 움직이지 않아. 그리고 내 요구는 위험을 동반할 뿐이지, 그렇게 리스크가 큰 것도 아니라고."

릴스타인이 욕설을 흘렸다.

"젠장……."

인정하긴 싫지만, 레비나의 말이 옳았다. 아무래도 40인의 초인급 소드하이어 정도로는 시한 일행의 전력과 붙을 경우 승패를 장담할 수 없었다.

반면 80인이라면 압도적으로 승률이 올라가지.

승리를 위해서 릴스타인이 위험을 감수하는 쪽이 옳다.

'사실 내 입장에선 그냥 레비나가 패하는 쪽이 좋지만.'

그까짓 지구인 40명은 시간만 들이면 도로 복구할 수 있으니 믿을 수 없는 레비나를 처리하고, 여왕의 죽음을 명분으로 내세워 소문도 가라앉히고, 덤으로 팔로스 왕국까지 차지하는 쪽이 릴스타인 입장에선 베스트인 것이다.

하지만 아무래도 그녀는 거기까지 눈치챈 모양이다.

"좋아, 마음대로 해. 80명 전부 넘겨주지."

결국 릴스타인은 포기를 선언했다. 방긋 웃으며 레비나가

치맛자락을 들어 올리며 우아하게 고개를 숙였다.

"폐하의 은덕에 감복하며, 기필코 승리를 가져오겠습니다, 나의 부군이여."

"지겹다, 작작해."

"호호호."

레비나는 깔깔 웃으며 자리를 떴다.

홀로 남은 릴스타인이 오만상을 찌푸렸다. 과연 옛 성현의 말씀은 하나도 틀린 게 없었다.

"이래서 결혼은 미친 짓이라는 소리가 나온 건가?"

Chapter 2

팔로스의 역습

오늘도 성시한은 왕성 안뜰에서 홀로 수행에 열중하고 있
었다.

"무신기, 십이지검."

열두 자리의 광검이 허공을 눈부시게 수놓았다.

이건 당연히 쉽다. 충분히 익숙해질 대로 익숙해진 기술이
니까.

이제 이 상태로, 무신기를 끌어 올린 채 그 감각을 유지하
며 또 다른 영역으로 옮겨 간다.

시한은 전신에 일렁이는 금빛 투기는 유지한 채 십이지검을

해제했다. 그리고 투기를 운용해 폭발시켰다.

"무신기, 천외천!"

반경 수십 미터의 공간이 흔들거리다 말았다.

성시한이 어깨를 축 늘어뜨렸다.

"아, 또 실패냐."

투기량이 남아도는 덕분에 무신기를 연습할 기회 자체는 넉넉했다. 하지만 하루 종일 매달려도 영 감이 잡히질 않는 것이다.

"거참, 안 되네……."

시한은 투기염동을 이용해 디재스터를 허공으로 띄운 뒤 빙빙 돌리기 시작했다. 수업 시간에 딴생각하면서 볼펜 돌리는 짓의 무신급 버전이라 하겠다.

"팔방지검이나 일월명(日月明)도 이렇게까지 감도 못 잡진 않았었는데."

십이지검이 바락의 무신기, 팔방지검에서 비롯되었듯이 무극천광은 원래 론다르크 장군의 무신기, 일월명을 보고 베껴 만든 기술이었다.

둘 다 일종의 하향 패치(?)를 겪긴 했지만, 어쨌거나 시한 자신의 것으로 만들 수 있었다. 사실 투기량을 쏟아부은 덕에 파괴력 자체는 월등히 높아졌으니 하향이라 하기도 애매하다.

심지어 테오란트의 무신기, 검의 화신도 대충은 베긴 상태다. 테오란트처럼 그 자신이 검 자체로 변화하는 어마어마한 짓은 무리였지만 수백 자루의 검해(劍海)를 만드는 것까진 성공했다.

하지만 천외천만큼은 도저히 모르겠다.

"어우, 짜증 나."

신경질적으로 고개를 절레절레 흔들 때였다. 안뜰을 따라 세워진 회랑에서 백금발의 소녀가 그를 불렀다.

"시한, 밥 안 먹어요?"

그러고 보니 슬슬 점심때였다. 시한이 검을 도로 허리에 차며 대꾸했다.

"아, 먹어야지. 혹시 오늘 제논밥?"

"궁전밥."

오래 함께한 사이이다 보니 이런 해괴한 줄임말로도 뜻이 통한다. 알리타가 쓴웃음을 지으며 첨언했다.

"요새 제논은 밥할 시간 없어요. 바락 할아버지 밑에서 수업하느라 바쁘잖아요?"

"그건 알지만, 그래도 아쉬우니까. 할 수 없지, 궁정 요리사 정도로 만족해야지."

"일국의 왕실 요리사가 이렇게 푸대접받기도 쉽지 않을 텐데요?"

"그러는 너도 정작 둘 중 하나 택하라고 하면 제논밥 먹을 거잖아?"

"그야 그렇죠."

두 사람은 농담을 주고받으며 회랑을 거닐었다. 걸음을 옮기며 알리타가 수행에 대해 물었다.

"천외천, 여전히 잘 안 돼요?"

"묘하게 감이 올 듯 말 듯한 상태를 못 벗어났어."

바락으로부터 조언을 얻었고, 그에 따라 한 걸음 더 나아가기 위해 맹렬히 수행 중이다. 근데 정작 날쌘 거인이 되란 소리가 뭔지 잘 모르겠다.

"무신기, 날쌘 거인 같은 거라도 만들란 소린가?"

"적어도 그 소리가 아닌 것만은 확실히 알겠네요."

두 사람은 서로를 보며 웃음을 교환했다. 성시한이 화제를 돌렸다.

"마력 컨트롤은 어때?"

알리타가 한숨을 내쉬었다.

"마찬가지예요."

투기술은 착실하게 발전하는 반면 마력 컨트롤은 여전히 제자리다. 아니, 이젠 예전에 쓰던 아케인 블래스트조차 쓰지 못할 정도이니 사실상 마이너스 성장이라고 봐도 무방할 것이다.

"적어도 두세 번은 나눠서 쏠 수 있어야 안심하고 실전에서 써먹을 텐데……."

지금처럼 한 방 날리고 헤롱헤롱해서야 도저히 신뢰할 수 있는 무기라 할 수 없다.

"어서 한 사람 몫을 하고 싶은데, 참 힘드네요."

알리타의 하소연에 시한이 빙그레 웃었다.

"너무 그렇게 부담 가질 필요는 없어."

"기대하는 게 없으니 부담 가질 것도 없다, 뭐 그런 소리에요?"

"그게 아니라, 원래 사람은 할 수 있는 건 할 수 있고, 못하는 건 못하거든? 물론 노력은 해야지. 할 수 있는 건 최선을 다하고 부족한 부분은 주위의 도움도 받고. 그러면서 사는 거지, 뭘."

"그렇군요."

백금발의 소녀가 진지하게 고개를 끄덕였다. 그리고 거꾸로 성시한을 보며 말했다.

"너무 부담 가질 필요 없어요, 시한. 할 수 있는 건 최선을 다하고 부족한 부분은 도움받고 그러면 돼요."

은회색 눈동자를 반짝이며 알리타가 장난스럽게 웃었다. 시한이 고소를 머금었다.

"뭐야, 내가 한 소릴 그대로 되돌려 주는 거야?"

"상황은 오히려 그쪽에 더 맞는 것 같지 않아요?"

"어……?"

성시한은 잠시 말문을 잃었다.

실은 그냥 별생각 없이 한 소리였다. 딱히 무슨 심오한 인생의 고찰을 통해 나온 말도 아니었다. 원래 남 말 하긴 참 쉬운 법이니까.

그런데 웃기게도, 자신이 한 말을 알리타의 입으로 다시 듣는 순간 뇌리에 뭔가가 스치고 지나갔다.

"……."

성시한은 회랑 가운데 멍하니 서서 상념에 잠겼다. 알리타는 방해하지 않기 위해 말없이 한 발 뒤로 물러섰다.

한참 후에야 시한이 고개를 끄덕였다.

"고마워, 알리타. 덕분에 하나 건지긴 했네."

알리타가 그를 살피며 긴장한 얼굴로 물었다.

"바로 연습해 보지 않아도 돼요?"

보통 소드하이어에게 저런 성찰이 떠오르면 잊기 전에 바로 체득하는 쪽이 유리한 것이다. 하지만 성시한은 부인했다.

"아, 그런 종류는 아니야. 깨달음 같은 거창한 건 아니고, 그냥 번뜩인 수준이라서……."

시한이 다시 걸음을 옮기기 시작했다. 그제야 알리타도 긴장을 풀었다. 그를 따라 걸으며 슬쩍 농을 건넨다.

"진정한 감사는 말이 아니라 현물로 하는 거래요."

"누가 그래?"

"바락 할아버지가."

"……."

참으로 자라나는 청소년의 정서 교육에 안 좋은 표본이로
다.

'아니, 그런데 알리타가 청소년이긴 한가?'

이제 새해가 지났으니 그녀도 18살이 되었다. 테라노어에서
18살이면 충분히 시집갈 나이다. 게다가 알리타는 워낙 발육
이 좋아서 예전에도 충분히……

"…어째 눈빛이 이상한데요?"

"아, 아무것도 아냐."

성시한은 혀를 차며 고개를 돌렸다. 그리고 문득 품을 뒤적
거렸다.

"좋아, 원한다면 현물로 감사를 표하도록 하지. 이거 줄까?"

그것은 영롱한 검은 보석이 달린 아름다운 은목걸이였다.
알리타의 얼굴에 홍조가 떠올랐다.

"어머?"

예쁘다. 웬일로 이런 걸 다 준비했대?

"예전에 그 누구냐, 릴스타인 왕국군 지휘관 있지? 그 기사
에게서 빼앗은 마도구야."

브렌탈 일행을 구하기 위해 8인의 크림슨 나이츠와 대결할 때의 일이다. 성시한은 릴스타인 토벌군의 하이어 멘테스를 죽이고 홀 형태의 마도구를 강탈한 적이 있었다.

이후 시간이 날 때마다 그 홀을 연구했다. 그의 마학 지식만으로는 부족해 8층 마기언인 모투스와 테이엔의 도움도 받았다.

결국 그 홀의 마법 중추를 분리하는 것까지 성공했다. 바로 이 목걸이에 달린 검은 보석이었다.

"마법 중추가 따로 있는데, 왜 굳이 홀 형태로 만들었는지는 모르겠지만 말이지."

원래 홀(笏)이란 임금이 제후를 봉할 때 의식에 쓰는 물건이다. 전장의 기사가 들고 다니기엔 어울리지 않는다.

"그런데 생각해 보니 그럴 수도 있겠더라고. 원래 릴스타인이 은근히 이런 쪽에는 별생각 없는 편이었거든?"

아마도 만들고 나서야 아차 싶었겠지만, 디자인을 고치기 귀찮으니 그냥 넘겨줬을 확률이 컸다.

어쨌거나 중추를 분리한 후에도 계속 틈날 때마다 살펴보았다. 하지만 성시한은 물론이고, 모투스나 테이엔도 도무지 이 마도구에 걸린 마법의 정체를 파악할 수가 없었다.

지나치게 복잡하고 난해한 술식이었다. 술식 형태 자체도 기존의 마학과 궤가 달라 대략적인 파악조차 힘들었다.

같은 플로어 마스터라지만 성시한과 릴스타인의 마학 수준은 워낙 격차가 크다.

성시한이 플로어 마스터가 된 건 어디까지나 이계인으로서의 특성 덕분인데, 그 특성은 눈앞의 마법 시전을 그냥 따라 하는 데는 효과가 커도 이렇게 만들어놓은 마도구를 역으로 해석하는 데는 아무런 도움이 되질 않는 것이다.

지난 십 년간 시한 역시 꽤나 마학의 깊이가 깊어지긴 했지만, 그래도 테라노어 최강의 마기언과 비교하면 손색이 많았다.

"대충 정황을 보면 크림슨 나이츠를 조종하는 용도인 것 같긴 한데 확실하진 않아. 그래서 일단 챙겨두고 있었어. 혹시 기회되면 되면 시험해 보려고."

즉, 크림슨 나이츠를 만나기 전까진 아무 쓸데가 없다.

성시한은 목걸이를 내밀었다.

"어때, 가질래?"

알리타의 홍조가 사라졌다.

"아, 그런 거였어요? 난 또……."

시한은 당황했다.

'어? 왜 실망하지?'

이상하다. 이 목걸이는 여자들이 좋아할 모든 요소가 갖춰져 있다.

예쁘고, 비싸고, 귀한 물건이다.

'그런데 왜?'

알리타는 시무룩한 얼굴로 속으로 중얼거렸다.

'…나 때문에 준비한 게 아니었구나.'

사실 실망할 이유는 없었다. 충분히 훌륭한 선물이었다. 그녀가 잽싸게 표정을 바꾸며 활짝 웃었다.

"고마워요, 정말 기뻐요."

그는 긴장했다. 저 화사한 미소를 왠지 한번 본 것 같았다.

'어디서 봤더라?'

그래, 맞다. 예전에 레비나에게 장신구를 선물하면서 '이거 비싼 거다? 팔아서 부대원들 밥값에 보태 써!'라고 했더니 딱 저런 표정으로 고마워했었다.

'나중에 카렌에게 잔소리를 듣고 나서야 겨우 수습했었지.'

과거로부터 배우지 못하면 미래를 대비할 수 없는 법.

슬그머니 말을 바꿨다.

"뭐, 그런 이유도 있고, 목걸이가 워낙 예쁘고 알리타랑 어울릴 것 같아서……. 그래서 기회 되면 줄 생각이었어."

시한은 눈치를 보며 목걸이를 풀어 양손에 들었다. 척 봐도 걸어주겠다는 듯한 자세였다. 과거 '카렌의 잔소리'를 충실히 이행하는 것이다.

"걸어볼래?"

그러자 알리타의 표정도 살짝 풀렸다.

"…네."

그녀가 등을 돌리며 머리칼을 쓸어 올렸다. 우아하게 물결 치는 플래티나 블론드 아래 눈처럼 새하얀 목덜미가 드러났 다.

시한은 조심스러운 손짓으로 목걸이를 채워주었다. 알리타 가 다시 몸을 돌렸다.

"어울려요?"

"응, 정말 예쁘네."

"헤헤……."

그녀는 기쁜 듯 배시시 웃었다. 그 미소는 분명히 조금 전 과 달랐다. 이번엔 정말 좋아하는 얼굴이었다.

'그런데 왜? 이게 아까랑 뭐가 달라서?'

십 년 전 잔소리를 들은 대로 하긴 했는데, 역시나 이유는 모르겠다.

하여튼 알리타는 분명히 좋아하는 듯했다. 목걸이를 매만 지며 계속 헤죽거린다. 그러다 문득 뭔가 떠올랐는지 안색을 굳혔다.

"가만, 이거 원래 릴스타인의 마도구였다는 거죠? 목에 걸 고 있다가 괜히 정신 지배당하고 그러는 거 아니에요?"

알리타가 찜찜한 눈으로 자신의 가슴을 내려다보았다. 시한이 실소를 흘렸다.

"에이, 그 정도야 다 확인했지."

"무슨 술식인지 전혀 파악하지 못했다면서요?"

"그렇긴 한데, 그래도 마법의 방향성 정도는 알 수 있거든? 그럴 염려는 없어. 설마 위험한 걸 줬겠냐?"

그녀가 위험에 처하면 제일 먼저 피 보는 건 성시한이다. 그래서 굳이 이 목걸이도 건네준 것이 아닌가?

이 기물은 그 자체로도 강력한 마도구다. 적어도 3, 4층의 마법까진 방어할 수 있다. 만일의 경우를 생각하면 그녀가 지니고 있는 게 훨씬 나은 것이다.

둘의 관계상 앞으로도 항상 같이 다닐 것이고, 크림슨 나이츠에게 시험해 볼 땐 그냥 잠깐 빌리면 되니까.

"소중한 영주권에 뭔 일이 생기기라도 하면 바로 불법 체류자 돼서 강제 출국 당하는 신세잖아? 난 세상 누구보다도 알리타를 소중히 여기고 있다고."

"또 알아듣지 못하는 소리 하네요."

알리타는 입을 비죽이며 눈을 흘겼다. 영주권은 뭐고 불법 체류자는 뭐야, 대체?

그래도 기분은 좋았다.

이유야 어찌 되었든, 눈앞의 이 청년이 그녀를 세상 누구보다 소중히 여기고 있다는 것만은 사실이었으니까.

두 사람이 다시 걸음을 옮겼다. 다정하게 어깨를 나란히 하고 농담을 주고받으며 식당으로 향한다.

"너무 지체했네. 배고프다."

"네, 어서 밥 먹으러 가요."

그때였다.

"이계구원자 님!"

회랑 저편에서 왕성 시종 한 명이 열심히 뛰어오는 것이 보였다.

"라텐베르크 호국공으로부터 마법 전언이 왔습니다."

성시한은 눈을 껌벅였다.

"응? 켈테론이? 정기 연락일도 아닌데 웬일이지?"

전언 마법은 지구의 전화처럼 아무 때나 부담 없이 팍팍 연락할 만큼 싸구려가 아니다. 사치에 무감각한 사파란이나 레비나조차도 신경 썼을 만큼 촉매 비용이 상당하다.

그래서 그동안 보름에 한 번, 정규 보고를 받는 것 외엔 함부로 전언 마법을 쓰지 않았다. 그리고 이미 정기 연락은 일주일 전에 취했다.

"뭔가 중요한 일이 생겼나 본데요?"

알리타가 시한을 돌아보았다. 그가 안색을 굳혔다.

"그러게? 이거 밥은 나중에 먹어야겠네."

*   *   *

전언실에 비치된 커다란 전신 거울, 그 앞에 선 뒤 가볍게 주문을 외운다.

"공허를 뛰어넘어, 그 뜻과 꼴을 연결하라."

이내 거울의 표면이 뿌옇게 변하더니 다른 영상을 비추기 시작했다. 점잖은 인상의 염소수염 사내가 정중히 고개를 숙였다.

"잘 지내셨습니까, 시한 님?"

"별일 없다, 켈테론. 그쪽은?"

"저도 뭐, 별일은 없지요."

두 사람이 거울을 마주하고 자연스럽게 대화를 나눈다. 얼마 전까지와는 전혀 상황이 다르다.

이들은 이제까지 오직 일방통행형 전언 마법만을 이용할 수 있었던 것이다.

전언 마법은 최소 8층 이상의 종사자만이 구사가 가능한 마법이다. 성시한이야 플로어 마스터이니만큼 얼마든지 전언 마법을 구사할 수 있지만, 켈테론 쪽에는 믿을 만한 8층의 고위 마기언이 없었다. 그렇다 보니 켈테론 혼자 미친 사람처럼 허공에 떠들고 시한은 마냥 지켜보기만 하는 불편함의 연속이었다.

하지만 이제는 제대로 된 전언 마법을 구사해 편하게 쌍방으로 의사소통이 가능해졌다. 전부 켈테론의 뒤에 서서 마법을 유지하고 있는 저 회색 머리의 중년인 덕분이었다.

성시한이 그를 향해 빙그레 웃었다.

"라텐셀의 생활은 좀 익숙해졌나, 테이엔?"

한때 백색 상아탑의 8층 종사자로 위용을 떨쳤으며, 현재 라텐베르크 왕국의 궁정 마기언이 된 테이엔이 차분히 대꾸했다.

"호국공께서 대접이 후하시더군요. 덕분에 살쪘습니다."

*   *   *

테라노어 마법학의 총본산, 적백청흑의 4대 상아탑.

적색 상아탑은 원래부터 릴스타인의 것이었다. 사파란의 죽음으로 인해 백색 상아탑도 완전히 그의 손아귀에 들어갔다.

하지만 청색 상아탑과 흑색 상아탑은 여전히 중립을 지키고 있었다.

물론 겉으로만 중립이지, 청색 상아탑주와 흑색 상아탑주가 실상 릴스타인의 수족이나 다름없다는 것은 공공연한 사실이다.

그럼에도 삼국동맹은 저 두 상아탑을 그냥 내버려 두었다.

일월성신의 교단과 4대 상아탑은 제국 시절부터 종교적, 학문적 중심지로 사람들의 존경을 받아왔다. 공식적으로 중립을 표방한 이상 공격할 명분이 없는 것이다.

현대 지구로 치면 아무리 남미의 독재자라도 함부로 가톨릭 성당들을 핍박하지 못하는 것과 비슷한 상황이라 하겠다.

굳이 건드릴 필요가 없다는 이유도 있었다.

릴스타인이 특이한 경우일 뿐, 원래 상아탑의 모든 소속원이 상아탑주를 충실히 따르는 것은 아니다. 상아탑주가 적이 된다고 그곳에 소속된 마기언들이 전부 적으로 돌아서는 게 아니란 소리다.

상아탑 소속이면서도 국가에 충성하는 마기언들은 충분히 많고, 그들이 곧 각국의 마법 전력이 된다.

현 상황에서 불편한 점은 하나뿐이었다.

바로 국가 간 초장거리 전언 마법.

전언 마법은 8층의 종사자 중에서도 상당히 고위층이나 가능하다. 그리고 8층 마기언쯤 되면 릴스타인의 입김이 닿아 있을 가능성도 너무 높다.

그래서 삼국동맹은 한동안 국가 간 전언으로 비밀 이야기를 나누지 않았다. 궁정 마기언들을 믿을 수 없었으니까.

전령을 통해 기밀 서류를 주고받는 한편, 시간을 들여 자연스럽게 현 궁정 마기언을 퇴임시키고 믿을 만한 새 인물을 받아들였다.

한때 테오란트 왕국의 궁정 마기언이었던 오거스트 대신 에란트 1세의 오랜 친구 체르보스가 새로운 궁정 마기언이 되었다.

이나시우스 교국 역시 흑색 상아탑의 이데알룬을 새로운 궁정 마기언으로 영입했다. 크론 리자테에 대한 깊은 신앙심을 지닌 그는 충분히 믿을 수 있는 인재였다.

이들 덕분에 테오란트 왕국과 이나시우스 교국은 다시 마법 전언을 쓸 수 있게 되었다.

하지만 전부터 마기언을 별로 등용하지 않았던 라텐베르크 왕국은 영 상황이 좋지 않았다.

아인츠는 너무 어려 애당초 인맥이랄 게 존재하지 않았다.

켈테론의 인맥은 죄다 켈테론 같은 놈(?)들이라 절대 믿을 수가 없었다.

그리고 다른 귀족들도 따지고 보면 켈테론과 그렇게 크게 차이가 나질 않아서……(말해두지만, 성시한이 나타나기 전만 해도 젝센가드 왕국은 푹푹 썩은 나라였다).

이런 이유로 한동안 일방통행 전언 마법과 전령을 혼합하는 불편한 방식을 고수하고 있었는데, 드디어 믿을 만한 이가 나타난 것이다.

테이엔이 한 발 뒤로 물러섰다.

다시 켈테론이 거울 전면으로 나섰다. 성시한이 물었다.

"그래, 무슨 일이지, 켈테론? 정기 연락일은 아직 8일이나 남았는데?"

켈테론이 살짝 안색을 굳히고는 진지한 어조로 입을 열었다.

"레비나 여왕이 팔로스 왕국에 모습을 드러냈습니다. 지금 으로부터 사흘 전의 일입니다."

시한은 당황했다.

"잠깐? 레비나가 릴스타인 왕국을 출발했다는 소식이 아니라, 이미 도착했다는 소리야?"

"예, 부끄럽지만 움직임을 파악하지 못하여……."

송구스럽다는 듯 켈테론이 어깨를 움츠렸다. 시한이 이해하지 못하겠다는 얼굴로 재차 물었다.

"어떻게 전혀 못 알아챈 거야? 릴스타인 쪽에 첩자를 꽤나 깔아두지 않았어?"

레비나가 조만간 팔로스 왕국으로 돌아갈 것임은 이미 예상하고 있었다.

현재 사파란 왕국 대부분을 수복한 삼국동맹이었다. 하지만 이대로 계속 릴스타인 왕국을 향해 남하할 생각은 없었다.

켈테론의 선전 작업으로 인해 릴스타인은 휘하 세력의 통제권을 상당수 잃었다. 하지만 그렇다고 그가 지닌 최대의 전력, 크림슨 나이츠가 약화된 것은 아니다. 그저 크림슨 나이츠를 보좌할 병력이 줄어든 것뿐이다.

여기서 릴스타인 왕국을 침공해 버린다면 자국의 방어를 위해 좋든 싫든 릴스타인의 귀족들은 다시 뭉치게 된다.

도로 크림슨 나이츠의 전력도 극대화될 것이고, 삼국동맹군은 크게 불리한 전쟁을 치러야 한다. 기껏 수복한 사파란 왕국을 다시 빼앗기게 될지도 모른다.

문제는 여기서 끝이 아니다.

일단 군대를 다시 손아귀에 넣고 나면 릴스타인은 또다시 타국에 대한 침공을 이어갈 수 있다. 온갖 핑계로 징집령을 회피하고 있는 귀족들도 일단 전투에 참여한 후엔 쉽게 빠져나가기 힘들 테니까.

어쩌면 릴스타인은 제발 삼국동맹군이 자국 영토에 침공하기만을 기원하고 있을지도 모를 일이었다.

아직 릴스타인 왕국은 건드릴 수 없다.

그래서 현 삼국동맹의 다음 목표는 팔로스 왕국이었다.

레비나 여왕의 부재로 흔들리고 있는 팔로스 왕국은 크림슨 나이츠 같은 무적의 전력도 없고 세력도 약한 데다 대륙의 동쪽에 외톨이처럼 떨어져 있다.

등 뒤의 적인 팔로스 왕국을 처리하고 나면 동맹군은 아무 걱정 없이 릴스타인에 대한 공격에 집중할 수 있는 것이다.

물론 이 정도는 레비나도 충분히 간파하고 있을 테니, 그녀가 한시바삐 팔로스로 돌아가려 할 것임은 충분히 예측할 수 있는 상황이었다. 그래서 켈테론은 그동안 첩자를 동원해 레비나의 움직임을 예의 주시하고 있었다.

그녀가 팔로스로 돌아갈 때야말로 성시한의 복수를 마무리할 또 한 번의 기회가 될 테니까.

"바다에서 놓친 건 이제 와선 오히려 다행이라고 생각해. 그때 레비나를 처리했다면 이렇게 상황이 유리하게 돌아가진 않았을 테니까. 하지만 그렇다고 두 번 놓아줄 순 없잖아? 그래서 기다리고 있었는데……."

시한은 실망스러운 듯 인상을 썼다.

켈테론이 고개를 푹 숙였다.

"그녀가 대동했던 퀸즈 나이츠와 병사들은 여전히 릴스타인 왕국에 남아 있습니다. 아마도 레비나 여왕 혼자 비밀리에 움직인 모양입니다."

바다에서 호되게 당한 그녀가 다시 뱃길을 이용할 가능성은 극히 적으니, 정체를 숨기고 라텐베르크 왕국이나 이나시우스 교국을 통해 몰래 팔로스 왕국으로 돌아갔을 것이란 게 켈테론의 추측이었다.

성시한이 납득한 듯 고개를 끄덕였다.

"그럼 파악하지 못하는 것도 당연하겠네."

그간 릴스타인 왕국과 삼국동맹의 전쟁으로 인해 많은 유민이 생겨났다. 천변기를 능수능란하게 쓰는 레비나가 얼굴

바꾸고 정체를 감춘 채 유민들 속에 섞여 국경을 넘었다면 아무리 검문검색을 철저히 한들 잡을 수 있을 리가 없다.

잠시 실망했지만 이내 그는 안색을 풀었다.

"괜찮아, 어차피 큰 기대는 안 했으니까."

저 조심성 많은 레비나가 같은 함정에 또다시 빠질 가능성은 극히 적다. 딱히 실망할 일도 아니다.

"그냥 기존 계획대로 가게 되겠네?"

"그렇습니다, 시한 님."

현시점에서 릴스타인에게 필요한 것은 말 안 듣는 귀족들을 수습할 시간이다. 그 시간을 벌기 위해서는 레비나와 팔로스 왕국이 삼국동맹을 뒤에서 흔들어주어야 한다.

삼국동맹 역시 어차피 팔로스 왕국부터 처리해 릴스타인을 대륙에서 고립시켜야 크림슨 나이츠라는 압도적인 전력 차를 메울 수 있다.

서로 노리는 바는 뻔히 안다.

결국 팔로스 왕국이 관건이었다. 삼국동맹과 팔로스 왕국군의 전투가 어떤 결과를 낳느냐에 따라 차후의 향방이 결정되리라.

"현재 팔로스 왕국만으로 삼국동맹을 상대하기엔 많이 모자라지요. 분명 릴스타인이 그녀를 맨손으로 돌려보내진 않았을 겁니다."

"크림슨 나이츠겠지."

퀸즈 나이츠와 달리 지구인들은 전혀 얼굴이 알려져 있지 않다. 그냥 평복을 입히고 유민 행세를 하면 충분히 몰래 움직일 수 있다.

"대략 30명 정도 들려 보내지 않았을까? 릴스타인이 3할 이상의 전력을 넘겨주었을 것 같진 않은데."

현시점에서 릴스타인이 보유한 크림슨 나이츠는 80명 정도지만, 시한 입장에선 100명으로 예상할 수밖에 없는 것이다. 어차피 시간이 지나면 계속 보충될 것이니 아주 틀린 예상도 아니다.

100명 중 30명 정도를 빼냈을 것이라는 성시한의 예측 자체는 켈테론도 동의했다. 확실히 릴스타인은 자기 보신을 최우선으로 삼는 성격이었다.

하지만 이 경우에는 좀 이야기가 달랐다.

"크림슨 나이츠 30명 정도로는 시한 님과 카렌 님, 바락 님까지 합세한 삼국동맹군을 이길 수 없습니다. 적어도 승산이 있는 숫자까진 요구하지 않았을까요?"

과연 레비나가 릴스타인의 승리를 위해 저런 무모한 전쟁을 벌일까? 켈테론의 의문에 시한이 대꾸했다.

"내가 아는 레비나는 무모한 승부도 꽤 즐기는 편이었어. 수틀리면 도망갈 자신이 있었으니까."

그리고 잠시 생각에 잠기더니 쓴웃음을 지었다.

"하지만 이제 와서 내가 그녀를 잘 안다고 말할 자격은 없겠지? 그대의 예측이 옳을 것 같군, 켈테론."

켈테론이 대충 머릿속으로 계산해 본 뒤 결론을 내렸다.

"최대 50명 정도겠군요. 아무리 릴스타인이라도 설마 자기의 안전마저 도외시하고 레비나에게 그 이상의 크림슨 나이츠를 넘겨주진 않았겠지요."

그렇다면 삼국동맹의 대응도 결정된다.

"전력을 나누어야겠습니다."

말루프의 백경기사단, 호트렌의 청월기사단은 브렌탈의 백호기사단과 함께 사파란 왕국에 잔류해 계속 릴스타인을 견제한다.

그리고 동맹군의 주력인 성시한과 카렌 이나시우스, 용병왕 바락은 창천기사단과 함께 팔로스 왕국을 상대한다.

"통솔력이 줄었다지만 릴스타인과 초인급 소드하이어 50인은 무시할 수 있는 전력이 아닙니다. 어쩌면 사파란을 공격했을 때처럼 소규모 병사들만을 대동해 움직일 수도 있습니다."

최소 버틸 수 있을 정도의 전력은 남겨놔야 한다. 안 그러면 사파란 왕국을 잃게 된다.

"음……."

시한은 고민했다.

분명 켈테론의 전략 자체는 나무랄 것이 없었다.

그러니까, 레비나와 릴스타인이 각자 크림슨 나이츠를 50명씩 보유하고 있다는 전제하에서라면.

'만약 그게 아니라면?'

아까부터 영 거슬리는 부분이 있었다.

"그대가 말했었지? 아무리 릴스타인이라도 자기의 안전마저 도외시하고 레비나에게 그 이상의 크림슨 나이츠를 넘겨주진 않았을 것이라고."

"그렇습니다만, 무슨 문제라도?"

"예전부터 레비나가 입에 달고 살던 말이 문득 떠올라서 말이야."

시한이 과거를 떠올리며 말을 이었다.

"설마 그렇게까지 하겠냐 싶을 때가, 바로 가장 상대를 속이기 좋은 타이밍이라고 했지."

만약 릴스타인이 자기의 안전마저 도외시하고 레비나에게 50명 이상의 크림슨 나이츠를 넘겨주었다면? 60, 70, 아니, 100명 전부 넘겨주는 미친 짓을 저질렀다면?

"그럼 어떻게 되는 거지?"

시한의 의문에 켈테론의 안색이 굳었다.

"그건……."

제일 먼저 떠오른 전략은 텅 빈 릴스타인 왕국을 삼국동맹군이 전력을 다해 몰아붙이는 것이었다.

크림슨 나이츠가 곁에 없는 릴스타인을 간단히 해치우고 전쟁 끝, 테라노어에 평화가 오려나?

'아니, 이건 너무 리스크가 크다.'

만약 켈테론의 예상대로 릴스타인에게 50인의 크림슨 나이츠가 있다면? 그땐 전쟁을 이기지도 못하고 재침공의 빌미만 낳을 뿐이다.

'그리고 성공 가능성도 그렇게 크지 않아.'

설사 성시한의 예측이 맞았다 해도 릴스타인이 도주하면서 시간을 끈다면?

레비나와 100인의 크림슨 나이츠가 삼국 전역을 초토화시키고 릴스타인과 다시 합류해 버리면 그땐 완패다. 재기할 발판조차 없어질 것이다.

'그렇다고 원래 계획대로 전력을 나누었다가 만약 시한 님의 예측대로 일이 흘러가 버리면……'

릴스타인은 고사하고, 삼국동맹이 레비나에게 패할 수도 있다.

고심하던 켈테론이 결론을 내렸다.

"브렌탈 국왕에겐 만일의 경우 도주해서 세력을 보존하라고 하고, 팔로스 왕국에 전력을 투입해야겠군요."

성시한과 켈테론, 둘 중 누구의 예측이 옳은지는 직접 붙어

보기 전에는 알 수 없다.

하지만 예측이 틀렸을 경우, 어느 쪽이 더 피해가 큰지는 자명했다.

켈테론이 옳았는데 시한의 예측에 따라 움직인다면?

기껏 수복한 사파란 왕국을 다시 잃고 수세에 몰리게 되겠지. 텅 빈 사파란 왕국을 릴스타인이 그냥 놔두진 않을 테니까. 하지만 삼국동맹의 주 전력은 그대로 남게 된다.

반대로 성시한이 옳았는데 켈테론의 예측대로 전력을 나눈다면?

그러다 만약 패하기라도 하면 이계구원자와 용병왕 바락, 카렌 이나시우스 등 삼국동맹의 주력 자체를 잃는다. 그 시점에서 테라노어는 릴스타인과 레비나의 것이 되리라.

성시한은 관자놀이를 꾹꾹 눌렀다.

"뭔가 복잡하네. 하여튼 레비나부터 확실하게 처리해야 한단 소리지?"

"그렇습니다."

"좋아."

시한이 고개를 끄덕이며 진지하게 말했다.

"돌아가겠다, 켈테론."

켈테론이 엄숙한 얼굴로 고개를 꾸벅 숙였다.

"예, 시한 님."

＊　　　＊　　　＊

팔로스 왕국 왕성, 데 아칸트리아.

광장에 모인 시민들의 안색은 한껏 굳어 있었다. 귀족도, 백성도, 병사도 긴장과 공포가 뒤섞인 얼굴로 광장 한복판을 바라본다.

목재를 짜서 만든 투박한 처형대에 한 잘생긴 금발 청년이 묶여 있었다.

퀸즈 나이츠의 일원이자 팔로스의 충신 중 하나인 조르단이었다.

중년인 법관이 처형대에 올라 판결문을 펼치며 목청을 높였다.

"죄인, 조르단은 근거 없는 소문에 휘둘려 폐하의 권위를 훼손하고 민심을 어지럽혔으며, 도당을 꾸려 반역을 꾀했으니 그 죄를 죽음 외의 것으론 씻을 수 없을 터!"

광장이 내려다보이는 테라스 위에서 은발의 미녀가 싸늘한 표정으로 그 광경을 지켜본다. 얼마 전 팔로스 왕국으로 돌아온 이 나라의 군주, 레비나 여왕이다.

한때 그토록 총애하던 조르단의 죽음을 눈앞에 두고도 그녀는 눈썹 하나 까딱하지 않았다.

그 모습을 본 귀족들이 몸을 부르르 떨었다.

'정녕 처형하실 생각이신가?'

이계구원자의 귀환, 그리고 십 년 전의 진실이 드러난 후 많은 팔로스의 귀족이 동요했다. 그 중심에 선 것이 조르단이었다.

레비나에 대한 충성심 못지않게 이계구원자에 대한 존경의 염도 가지고 있었던 그는 반전파로 돌아섰다. 릴스타인과의 연합을 중지하고 이계구원자에게 용서를 빌어야 한다는 것이 그의 주장이었다.

돌아온 여왕은 그에 대해 차가운 심장으로 응수했다.

반전파 대부분이 토벌되어 죽음을 맞이했다. 주모자인 조르단 역시 반역자가 되었다.

정황이야 어찌 되었든 조르단이 여왕의 권위를 훼손한 것은 사실이다. 그러니 저들을 용서치 않는 것은 일국의 왕으로서 충분히 합당한 통치 능력을 보인 것이라 하겠다.

오히려 죄를 지었음에도 사적인 감정을 앞세워 용서하거나 했다면 더 문제가 되었겠지.

'그래도 설마……'

'이렇게까지 하실 줄이야.'

'다른 사람도 아니고 조르단인데……'

판결문을 읽은 중년 법관이 조르단을 내려다보며 엄숙하게 말했다.

"죄인은 이 판결에 대해 항변할 것이 있는가?"

아무 변명도 없었다.

재갈 같은 걸 물려놓지도 않았는데 조르단은 입을 열지 않았다. 그저 희미한 신음만을 흘릴 뿐이었다.

"으.으.으……."

그 광경은 시민들 눈에, 차마 항변할 염치가 없어 순순히 입을 다물고 있는 것으로만 보였다.

물론 실상은 조금 달랐다.

겉보기엔 아무 제어도 하지 않은 것 같지만 이미 조르단은 레비나의 은형살로 인해 안면 전체가 마비된 상태였다. 항변은 고사하고 표정조차도 마음대로 지을 수 없는 것이다.

'괜히 사람들 앞에서 쓸데없는 소리를 떠들게 할 필요는 없으니까.'

레비나는 무심한 눈으로 과거 자신의 '애인'을 바라보았다.

중년 법관이 판결을 내렸다.

"처형하라!"

망나니가 춤을 추었다. 섬뜩한 칼날이 허공을 가르며 아래로 내려쳐졌다.

비명은 없었다.

핏발 선 두 눈을 부릅뜬 금발 청년의 머리통이 바구니 속으로 데굴거리며 굴러들어 갔다.

　　　　　*　　　*　　　*

　백성들에게 조르단은 그저 명성 높은 퀸즈 나이츠의 일원
정도로만 알려져 있다. 하지만 귀족들은 입장이 달랐다.

　조르단의 죽음을 지켜본 팔로스의 귀족들은 큰 충격을 받
았다.

　"맙소사!"

　"여왕 폐하께서 단단히 각오하셨군."

　릴스타인과 결혼식을 올리기 전까지만 해도, 레비나는 대외
적으로 처녀 여왕의 이미지를 고수하고 있었다.

　남녀평등의 개념 따윈 요원한 테라노어다. 비슷한 능력을
지니고 비슷한 업적을 남겼다 해도 남성에 비해 여성은 여러
모로 불리한 점이 많다.

　단적인 예로 육왕국의 국명을 들 수 있겠다.

　똑같은 혁명 6영웅이고, 똑같이 나라를 세워 왕이 되었음
에도 왕과 여왕이란 이유로 육왕국의 국명은 명명 방식이 서
로 달랐다.

　남성인 릴스타인, 사파란, 테오란트, 젝센가드는 당당히 자
신의 이름을 그대로 국명으로 붙였다.

　반면 여성인 카렌과 레비나는 이름이 아닌 성, 이나시우스

와 팔로스를 국명으로 삼아야 했다.

카렌 교국이나 레비나 왕국이라고 할 경우 반발이 너무 심할 게 뻔했으니까.

여자 '주제'에 가문이 아닌 개인의 이름을 세상에 남기는 것은 테라노어의 통념상 받아들이기 힘든 행위인 것이다.

같은 이유로 여왕은 공공연하게 첩이나 애인도 둘 수 없다.

남자라면 왕위에 올라 여러 후궁을 두는 것이 전혀 흠이 되지 않지만 여성이 같은 짓을 하면 창녀니 뭐니 온갖 욕을 먹게 되는 것이다. 불공평한 일이지만 어쩔 수 없는 현실이다.

그렇다 해도 일국의 고위층쯤 되면 세간에 알려지지 않은 비밀도 상당수 접하게 마련이었다. 그동안 저 잘생긴 금발의 미청년이 레비나 여왕에게 얼마나 '총애'를 받았는지 모르는 귀족은 없었다.

애인조차도 가차 없이 처형하는 여왕의 단호함에 귀족들의 기세는 한풀 꺾였다. 적어도 대놓고 항명하는 이들은 더 이상 나오지 않았다.

공포 속에서, 팔로스 왕국은 일단 하나로 뭉치게 되었다.

*　　　　*　　　　*

얇은 슬립 차림의 은발의 미녀가 침상에 기대 누워 술잔을 기울인다. 은 술잔이 붉은 입술과 접촉해 은은한 향기를 풍긴다.

레비나는 목을 축이며 투덜거렸다.

"에잉, 이렇게 공포로 사람들의 입을 다물게 하는 건 부작용이 큰데."

침상에 마주 앉은 잘생긴 사내가 어깨를 으쓱였다.

"어쩔 수 없지요. 하책이긴 하지만 현시점에선 이게 최선입니다."

퀸즈 나이츠의 단장, 하이어 베르패스였다.

흑발, 흑안의 준수한 외모에 날렵한 근육질의 육체, 겉으론 삼십 대로 보이지만 실은 사십 대 초반의 나이로 초인급 소드 하이어의 경지에 오른 강자다. 처형당한 조르단과 마찬가지로 '여왕의 연인'들 중 한 명이기도 하다.

술잔을 기울이며 베르패스가 말을 이었다.

"그나마 전시체제를 유지하고 있었기에 망정이지, 릴스타인 왕국 쪽은 이렇게 쉽지 않을 겁니다."

"그렇겠지?"

이렇게 공포로 찍어 누르는 것도 어디까지나 군대 체계가 확립된 다음이니까 가능한 일이다. 릴스타인 왕국처럼 각 지역의 귀족들을 불러 모아야 하는 상황이었다면 오히려 반발이 더 컸을 것이다.

역시 그 악랄한 소문의 위력이 너무 강했다.

"정말 대책이 없단 말이야. 솔직히 남 일이었다면 나도 그냥 그러려니 했을 것 같아."

"저야 진실을 알고 있지만 말이죠."

혁명전쟁 시절부터 레비나의 휘하에서 싸웠던 베르패스는 삼국동맹의 흑색선전을 믿지 않았다.

설마 레비나가 성시한을 배신했겠느냐는 식의 의문은 아니었다.

'솔직히 말해서 배신할 성격이시긴 하지, 뭘.'

믿지 않는 이유는 다른 데 있었다.

"사랑에 눈이 멀어 이계구원자를 배신했다니. 폐하께서 그렇게 귀여운 짓을 하실 리가 없잖습니까?"

"날 너무 잘 알고 있는 거 아냐, 베르패스?"

레비나가 술잔을 든 채 눈을 흘겼다. 베르패스가 껄껄 웃었다.

"제가 폐하를 모신 게 벌써 십 년이 넘었잖습니까?"

성시한에게 딱히 악감정이 있는 것은 아니다. 그 역시 이계구원자를 존경하고 있었다.

하지만 레비나와 시한이 서로 적대한다면?

그럼 베르패스는 레비나의 편을 들 것이다. 옳고 그름에 상관없이.

"폐하의 성격이 이토록 개차반인데, 저라도 편 안 들면 누가 들까요?"

"가끔 보면 그대는 충성스러운 것인지 아닌지 모르겠어."

베르패스는 부드럽게 미소를 짓고는 레비나의 곁에 앉아 그녀의 뺨에 살짝 키스를 남겼다.

"충성과 사랑은 같은 의미를 지니고 있지 않지요. 전 폐하를 사랑하는 자입니다. 비록 그 사랑을 보답받지 못한다 하더라도 말이죠."

레비나가 입을 삐죽였다.

"참 성격 이상하네."

"그러니까 폐하 곁에 있는 것 아니겠습니까?"

베르패스는 어깨를 으쓱이며 그녀의 잔에 술을 따랐다.

"그런데 이대로 공포로 억누르기만 하실 겁니까? 뭔가 대응이 필요한 것 아닙니까?"

"대응? 무슨 대응?"

"역으로 헛소문을 흘린다거나 하는 식으로요."

레비나가 비웃음을 흘렸다.

"무슨 수로 헛소문을 흘릴 건데?"

삼국동맹의 흑색선전에 대해선 그녀와 릴스타인도 여러모로 대응책을 궁리해 보았다.

보통 이런 경우 제일 무난한 대처법은 눈에는 눈, 이에는 이로 대응하는 것이다.

"그런데 과연 어떤 흑색선전이 효과가 있을까? 사실은 이계 구원자가 불사의 마녀와 바람을 피우고 있었다고 해볼까?"

혁명 7영웅 중 여성은 달랑 레비나와 카렌, 둘뿐이니 선택지가 극히 좁다.

"그럼 어떻게 될 것 같아?"

레비나의 질문에 베르패스는 잠시 생각에 잠겼다. 그리고 이내 고개를 저었다.

"상대는 달의 교황, 여신께 모든 것을 바친 분이지요. 아무도 안 믿겠군요. 오히려 달의 교단을 모독했으니 반발만 커질 뿐이겠네요."

"그렇지? 차라리 시한이 사파란이랑 눈이 맞았다고 하는 쪽이 더 신빙성이 있을걸?"

"하기야, 그분도 대륙 3대 미녀(?)이시긴 했지요?"

두 사람이 서로를 보며 킥킥 웃었다.

잠시 후, 레비나가 한숨을 쉬며 벌렁 침상에 드러누웠다.

"소용없어. 이쪽이 먼저 선수를 치는 게 아닌 이상, 같은 짓거리를 해봤자 사람들이 보기엔 궁지에 몰려서 말도 안 되는 변명을 하는 걸로밖에 안 보이겠지."

그리고 무엇보다도 저 헛소문이 소용없는 가장 결정적인 이유가 있었다.

카렌이 교황이든 아니든, 당시의 성시한에게 흠이 있든 없든 전혀 상관없는 이유가.

"시한이 실제로 바람을 폈다손 쳐. 그래서? 그걸 누가 신경이나 쓰겠어?"

테라노어는 남녀 차별을 당연하게 여기는 세상이다. 일국의 여왕인 레비나조차도 세인들의 시선을 신경 써 처녀의 이미지를 고수했을 정도로.

레비나가 바람나서 딴 남자와 눈이 맞았다? 그것은 만인에게 지탄받을 심각한 도덕적 결격 사유가 된다.

그런데 성시한이 바람을 피웠다면? 그게 무슨 문제가 된다고?

이계구원자 정도 되는 영웅이라면 응당 미녀 대여섯쯤은 거느릴 수 있다는 것이 테라노어의 통념이다. 누구처럼 남의 여자를 빼앗은 게 아니라면 아무런 문제가 없다.

이것이 릴스타인과 레비나가 손도 못 쓴 이유였다. 정황 증거에서도 불리할 뿐만 아니라, 똑같이 되받아쳐 봐야 성시한 쪽에는 전혀 타격이 없는 것이다!

"짜증 나는 세상이라니까."

도로 몸을 일으키며 레비나는 빈 잔을 내밀었다. 그녀를 달래며 베르패스가 다시 술을 따라주었다.

"그래도 일단 군대의 통제권은 되찾았잖습니까? 당장 전쟁을 치르기엔 문제가 없습니다."

내심 딴생각을 품은 놈들이 한둘이 아니겠지만 어쨌든 겉으로 반항하는 이들은 없다.

"공포로 인한 지배는 단기적일 뿐인데? 부작용은 어쩌고?"

"무슨 상관입니까? 부작용이 일어나기도 전에 결판이 날 텐데요. 이 전쟁이 그렇게 길어질 것 같진 않습니다만."

"하긴 그렇네?"

레비나의 표정이 살짝 풀렸다. 베르패스를 뒤로한 채 그녀는 고민에 빠졌다.

"그럼 이제 남은 선택지는 두 가지인가?"

먼저 쳐들어가느냐, 아니면 이대로 기다리면서 동맹군의 침공에 맞서 싸우느냐.

＊   ＊   ＊

사파란 왕국을 수복한 삼국동맹군은 라텐베르크 왕국으로 돌아갔다.

성시한과 바락을 비롯한 창천기사단은 물론이고 말루프의 백경기사단과 카렌 이나시우스며 호트렌의 청월기사단까지 모조리 귀국길에 올랐다. 계획했던 대로 소수의 병력만을 사파란 왕국에 남긴 뒤 총전력을 이동시킨 것이다.

돌아가는 삼국동맹군의 발걸음은 실로 가벼웠다.

압도적인 승리를 거둔 후의 귀국이었다. 아군의 피해도 거의 없었다. 기사도 병사도 하나같이 표정이 밝았다.

귀국하는 도중에도 기쁜 일이 계속해 일어났다.

삼국동맹군의 경로를 따라 과거의 인연들이 속속들이 모인 것이다.

"시한 대장!"

"시한 대장님!"

에세드나 실피스처럼 십 년 전 제 갈 길을 찾아갔던 창천기사단원들, 그들이 성시한의 귀환 소식을 듣고 하나둘 찾아왔다. 사파란 왕국 수도 아올라드를 출발할 때는 서른 남짓이던 창천기사단이 왕도 라텐셀에 도착할 즈음엔 80에 육박하는 숫자가 되었다.

전성기 전력의 절반 이상이 복구되었다.

더 이상 과거의 영광이 아니었다. 지금의 창천기사단은 당당히 대륙 최강의 칭호를 붙일 수 있는 강력한 기사단이었다.

＊　　　＊　　　＊

왕도 라텐셀 외곽의 창천기사단 본부.

성시한을 비롯해 삼국동맹군의 수뇌부 전원이 회의실에 모여 있었다.

시한이 모두를 향해 입을 열었다.

"자, 이제 레비나를 칠 차례지?"

아인츠 국왕이 라텐베르크 왕국을 대표해 발언했다.

"흑사자 기사단 전원과 2,000의 병력이 대기 중입니다. 지금 당장에라도 출발할 수 있습니다."

테오란트 왕국을 대표해 하이어 말루프가 발언했다.

"백경기사단, 그리고 북부 전사 8,000명도 싸울 준비가 끝났습니다."

이나시우스 교국을 대표해 카렌이 말했다.

"청월기사단과 3,000의 병사들이 준비되어 있어요. 전력은 충분해요."

사파란 왕국과 국경을 마주한 테오란트 왕국과 달리 라텐베르크, 이나시우스 두 나라는 릴스타인 왕국을 견제하지 않을 수 없기에 상대적으로 일반 병력의 수가 적었다. 하지만 그렇다고 딱히 병력이 모자란 것도 아니었다.

이 자리에 있는 것은 삼국동맹군뿐만이 아니었다. 전향한 2,000명의 릴스타인 왕국군 대표, 과거 홍룡기사단의 일원이었던 하이어 체릴도 있다.

"릴스타인은 진정한 충성을 받을 자격이 없는 자였습니다. 이에 우리들은 이계구원자께 충성을 바치겠습니다."

라텐베르크 궁정 마기언, 테이엔도 한마디 거들었다.

"청백흑, 3개 상아탑 출신의 전투 마기언 400명이 참전했습니다. 모두 릴스타인이나 다른 상아탑주의 영향 밖에 있는, 믿을 수 있는 이들입니다."

여기에 성시한 직속의 창천기사단까지 포함하면 실로 엄청난 전력이 완성된다. 왕국 하나쯤은 간단히 지도에서 지울 수 있을 가공할 군세다.

그럼에도 이들의 표정엔 긴장이 맴돌고 있었다.

켈테론이 그 이유를 입에 담았다.

"레비나 여왕이 크림슨 나이츠를 몇 명이나 보유하고 있는지가 관건입니다."

삼국동맹군의 기존 전략은 이것이었다.

릴스타인과 레비나의 지배 체제를 흑색선전으로 흔들어놓은 틈에 사파란 왕국부터 수복한다. 이후 바로 팔로스 왕국을 처리한다.

이 모든 것을 속전속결로 행한다. 시간을 끌면 끌수록 릴스타인과 레비나도 통수권을 회복할 테니까.

"전략 자체에 변화는 없습니다. 시간을 끌면 곤란한 점은 똑같으니까요."

하지만 예상보다 팔로스의 전력이 더 강할 수도 있는 만큼 전술적인 면은 크게 수정이 필요했다.

켈테론이 전략적인 부분, 국가 간의 정세나 각국 지도층의 심리 같은 건 잘 읽지만 그렇다고 정식으로 군대 전술을 배운 건 아니다. 저런 전술적인 측면은 역시 전문가에게 맡겨야 하는 것이다.

삼국의 유능한 군사들이 밤잠을 새워가며 새로운 전술을 짰다.

"결과가 나왔습니다."

무신급 소드하이어와 100인의 초인급 소드하이어, 그리고 퀸즈 나이츠를 상대로 현 삼국동맹군이 승리를 거둘 '가능성'이 있는 전술이었다.

"어디까지나 가능성이고, 승패는 실제로 붙어봐야 알겠지만 말이지요."

켈테론이 공손한 태도로 성시한에게 서류를 건넸다. 시한이 좌중을 돌아보았다.

"날짜가 정해졌군."

삼국동맹군, 1,000명에 이르는 5개 기사단과 400의 마기언, 1만 5,000의 병력이 팔로스 왕국으로 진군할 날짜였다.

"열흘 뒤다."

*　　　　*　　　　*

라텐베르크에 심어놓은 첩자로부터 연락이 왔다. 서류를 펼치며 레비나는 고개를 끄덕였다.

"그래, 8일 후란 말이지?"

결정이 떨어진 지 고작 이틀 만에 전달된 첩보였다. 레비나의 정보망이 얼마나 뛰어난지 증명하는 부분이었다. 도적들의 여왕이란 이명에 걸맞게 그녀는 대륙 곳곳의 어둠 속에 심복들을 심어놓고 있었다.

"진군 속도를 계산하면 12일 전후로 첫 교전을 맞이하겠군. 어떻게 생각해, 베르패스?"

흑발의 사내가 고개를 끄덕였다.

"그럭저럭 시간은 맞출 수 있겠군요."

삼국동맹이 쳐들어올 줄은 이미 예상하고 있었다. 그래서 요 며칠간 전력을 다해 군대를 정비했다.

"사기는 나쁘지 않은 수준입니다. 딱히 높다고 할 수도 없겠지만 그거야 전쟁 시작하면 바로 반전시킬 수 있을 테지요."

저쪽에 이계구원자와 불사의 마녀, 용병왕 바락과 창천기사단이 있다면 이쪽엔 은형의 레비나와 퀸즈 나이츠, 80인의 초인급 소드하이어가 있다.

승산은 충분하다. 그리고 승산이 충분하다면 아군의 사기는 자연히 오른다.

"며칠 더 여유가 있었으면 좋았겠습니다만, 지금도 큰 문제는 없습니다."

"좋아."

만족한 듯 레비나가 미소를 지었다.

"아, 그렇다고 전혀 문제가 없는 건 아니고……."

베르패스가 문득 뺨을 긁었다.

"조슈아가 멋대로 움직여 버렸습니다."

"엥, 조슈아가?"

레비나가 의아해하며 눈앞의 사내를 올려다보았다. 베르패스는 황당하다는 어조로 말을 이었다.

"폐하를 위해 이계구원자를 암살하겠다더군요. 미녀를 위해 목숨을 거는 것이야말로 남자의 로망이라나 뭐라나?"

순간 레비나는 할 말을 잃었다. 한참 후에야 그녀가 간신히 입을 뗐다.

"…걔, 미쳤대니?"

과거 루스클란 제국의 수많은 암살자들이 노리고 또 노렸지만 아무도 성공하지 못한 것이 바로 이계구원자의 암살이다. 시프 퀸이라 불리는 레비나 본인조차도 성시한을 암살할 자신은 전혀 없다.

베르패스가 그럴 법하다며 어깨를 으쓱거렸다.

"그 녀석은 혁명전쟁 시절을 모르잖습니까? 게다가 무신급 소드하이어가 얼마나 강한지도 모르고요."

"내가 무신급 소드하이어인데 그걸 왜 몰라?"

"폐하가 언제 조슈아 앞에서 무신급의 경지를 드러낸 적이 있기나 하십니까? 만날 늘씬한 허리와 봉긋한 가슴만 드러내셨지."

"……."

레비나는 한 번 더 말문을 잃었다. 생각해 보니 베르패스의 말이 맞는 것 같았다.

하여튼 어이없는 일이었다.

성시한의 귀환이 알려지면 변절할 이들이 많을 거란 예상은 충분히 했다. 그래서 조르단이며 반전파를 강하게 처벌해 기강을 잡았다.

하지만 이렇게 과잉 충성하는 인간이 나타날 줄은 미처 생각하지 못했다.

젊은 혈기에 주제 파악 못 하고 설치는 경우야 워낙 흔하지만, 그렇다고 설마 이계구원자를 암살할 수 있다는 말도 안 되는 착각을 하다니…….

"아이참, 내가 그렇게 예쁜가? 사랑에 눈이 멀어서 현실도 못 볼 정도로?"

레비나가 양 뺨을 감싸며 장난스럽게 중얼거렸다. 베르패스가 빙그레 미소 지었다.

"여왕님은 물론 여신처럼 아름다우시죠. 영혼이 사갈 같아서 그렇지."

"…당신, 사실은 나 안 사랑하지?"

"여신의 미모에 사갈의 영혼, 그 아름다운 부조화야말로 폐하의 진정한 매력이 아니겠습니까?"

말과 함께 레비나의 이마에 살짝 키스를 남긴다. 취향이야 어찌 되었든 베르패스 본인은 진심인 것 같았다.

레비나가 쓴웃음을 지으며 물었다.

"그나저나 조슈아는 어쩌지? 애들을 풀어서 도로 잡아 올까?"

"그냥 내버려 두죠?"

"왜? 이 기회에 경쟁자 한 명 줄이게?"

"그 어린놈을 경쟁자라고 생각한 적은 없습니다만? 그냥 정황적으로 딱히 손해 볼 게 없다는 겁니다. 운 좋으면 며칠 정도는 시간을 끌어줄지도 모르지요."

서쪽을 가리키며 태연한 얼굴로 베르패스가 말을 맺었다.

"저쪽을 혼란스럽게 할 수는 있을 테니까요."

Chapter 3

꽃보다 암살

조슈아 그라나티스.

올해 24살의 이 청년은 사실 능력 면에선 그리 뛰어나지 않았다. 제법 무술적 재능이 있어 이십 대 초반에 투사급 소드하이어의 경지에까지 오르긴 했지만 딱히 천재라 불릴 정도도 아니었다.

일국의 왕성 기사단 수준이라면 다들 저 정도의 재능은 기본인 것이다. 한국으로 치면, 동네에선 수재 소리 들어도 막상 명문대 내에선 흔해 빠진 대학생이 되는 것과 비슷하다고 하겠다.

조슈아의 재능은 분명 나쁘지 않았지만, 퀸즈 나이츠에 속하기엔 많이 부족했다.

　그럼에도 그는 레비나의 총애를 받는 '여왕의 여섯 연인'들 중 한 명이 될 수 있었다. 능력 면에선 딱히 뛰어난 점이 없는데 다른 장점 하나가 그 모든 걸 무시할 정도로 굉장한 탓이었다.

　조슈아는 미남이었다.

　그것도 평범한 미남이 아니라 무지막지하게 잘생긴 미청년이었다.

　매끄러운 청남색 머리칼에 흑요석을 연상케 하는 검은 눈동자, 뚜렷한 이목구비가 넘치지도 모자라지도 않게 완벽한 조화를 이룬다. 그렇다고 사파란이나 릴스타인처럼 여성적인 느낌인 것도 아니다. 선이 굵고 인상이 선명해 충분히 사내다운 매력이 넘친다.

　심지어 그는 얼굴뿐만 아니라 몸매마저도 좋았다!

　길고 늘씬한 팔다리와 넓은 어깨, 그리고 가는 허리 라인. 섬세한 근육의 선이 살아 있는 날렵하면서도 탄탄한 육체는 실로 여성의 눈을 즐겁게 하기 위한 최적의 조건을 모두 지니고 있었다.

　조슈아는 테라노어의 전설적인 미남, 바락의 재래라는 평을 들을 정도로 엄청난 미모의 소유자였다. 만약 여자로 태어났다면 나라 서너 개쯤은 디저트로 말아먹었을 것이란 게 세간의 중론이었다.

이 하늘이 내려준 외모 덕분에 조슈아는 레비나의 총애를 받을 수 있었다. 하지만 팔로스 궁정의 요직에 오르진 못했다.

아쉽게도 그의 머리가 얼굴을 따라잡지 못했던 것이다.

생각도 짧고, 식견도 얕고, 경험도 적고, 워낙 주변에서 잘생겼다고 떠받들어 주니 오만함은 하늘을 찌르고…….

아무리 조슈아를 총애하는 레비나라지만 능력이 모자란 이를 퀸즈 나이츠에 넣을 만큼 어리석진 않았다. 낙하산 인사가 조직의 기강을 해치는 것은 지구나 테라노아나 마찬가지다.

하지만 지위를 내리지 않을 수도 없었다.

어쨌든 레비나는 미혼이고, 몰래 연인을 만나려면 곁에 두어야 하며, 곁에 두려면 그만큼 합당한 이유가 있어야 하니까.

그래서 적당히 그를 위한 새로운 조직을 만들어주었다. 시프 퀸 직속 암살단, 다크 섀도우가 창설되고 조슈아가 단장의 자리에 올랐다.

이름에서부터 적당히 지었다는 티가 팍팍 풍기지만 몰래 만나 즐기기에 딱 어울리는 위치이긴 했다.. 무릇 암살자는 몰래 돌아다니는 게 전공이니까.

명색이 여왕 직속인 만큼 다양한 암살 기술도 전수해 주었다. 무위도식하게 놔둘 순 없으니 이런저런 소소한 암살에 써 먹기도 했다.

그러나 절대 중요한 상황에는 부르지 않았다.

조슈아는 실로 보석에 비견될 만한 존재였다. 귀하고 아름 답지만 실용성은 제로란 소리다.

목숨이 걸린 전투에선 퀸즈 나이츠 단장, 초인급 소드하이 어 베르패스나 부단장인 달인급 소드하이어 라이첼이 여왕의 곁을 지켰다.

행정을 처리할 땐 영리한 네포스나 현명한 자비엔을 대동 했다. 정치적 문제를 고민할 땐 조르단의 조언에 귀 기울였 다(뭐, 조르단은 현재 처형당했지만).

이것이 조슈아의 불만이었다.

그의 여왕은 어째 침대 말고 다른 장소에선 전혀 자신을 찾 지 않는 것이다.

"폐하께 내 가치를 증명해 보여야 한다."

이계구원자의 귀환 소식을 듣고 나서 쾌재를 터뜨렸다. 이 번이야말로 레비나의 사랑을 독차지할 절호의 기회라 여겼다.

물론 쉽지 않을 것임은 각오하고 있었다.

상대는 전설의 영웅이었다. 실패하면 그 대가는 목숨으로 치러야 하리라.

하지만 조슈아는 두려워하지 않았다.

"무릇 사내라면 미녀를 위해 목숨을 거는 법이지!"

다크 섀도우를 이끌고 은밀하게 국경을 넘었다.

조슈아 본인은 건방진 귀족 도련님으로, 휘하 암살자들은 그 시종원으로 위장했다. 위장 신분과 실제 성격이 거의 차이가 없다 보니 출중한 메소드 연기가 가능했다. 국경 수비대들도 전혀 의심치 않고 이들을 통과시켜 주었다.

그 후 라텐베르크 왕국 수도 라텐셀의 한 민가에 자리를 잡고 목표에 대한 정보를 모았다.

그렇게 하루하루가 지났다.

그리고 드디어 기회가 왔다.

조슈아는 휘하 암살단원들을 돌아보며 진지한 어조로 입을 열었다.

"두려워할 필요 없다, 제군들. 아무리 이계구원자라 할지라도, 결국은 칼에 찔리면 피 흘리는 우리와 같은 인간일 뿐이다."

귀족가 시종들로 위장한 다크 섀도우 일원들이 일제히 고개를 끄덕였다. 조슈아가 창밖을 내다보았다.

"이계구원자여."

그가 진지한 얼굴로 각오를 담아 중얼거렸다.

"여왕 폐하께 그대의 심장을 바치겠다!"

나직한 수하들의 목소리가 뒤를 이었다.

"도적들의 여왕을 위하여!"

*   *   *

전쟁 준비는 착착 진행되고 있었다.

열흘은 결코 긴 시간이 아니다. 삼국의 유능한 이들이 군대를 모으고, 보급선을 확보하고, 전술 전략을 재검토하며 바쁜 시간을 보냈다.

반면 성시한은 별로 바쁘지 않았다.

어차피 저런 실무는 수하들이 알아서 하는 것이다. 창천기사단에 에세드와 실피스가 합류한 덕에 예전보다 더 신경 쓸일이 적어진 덕도 있었다.

그가 할 일은 앞으로의 전투를 대비해 더욱 힘을 키우는 것, 그리고 레비나의 무신기인 천외천에 대한 실마리를 잡는 것뿐이었다.

하지만 원래 수행이란 매일같이 매달리기보단 적절히 휴식을 취해주어야 더욱 효과가 큰 법.

출정 5일 전, 성시한은 결심했다.

"에라, 오늘은 놀자."

*   *   *

혹발의 청년과 백금발의 소녀가 라텐셀의 거리를 걷고 있었다.

겨우내 추위가 완전히 가시고 사방이 화사한 봄꽃들로 가득했다. 아침에 봄비라도 내렸는지 거리 곳곳이 촉촉이 젖었다. 코끝을 간질이는 물 내음이 청량하기까지 하다.

혹발 청년, 성시한이 주위를 두리번거리며 중얼거렸다.

"이제 완전히 봄이네."

백금발의 소녀, 알리타가 미소 지으며 대꾸했다.

"슬슬 남쪽은 초여름일걸요?"

라텐셀의 시민들이 두 사람을 지나쳐 제 갈 길을 간다. 전설의 영웅이 바로 곁을 지나가는데도 어느 누구 하나 관심을 보이지 않는다.

현재 시한과 알리타는 천변기로 얼굴을 위장하고 있었던 것이다.

'이제 와서 굳이 정체 숨길 필요는 없지만, 그냥 놀러 나온 건데 괜히 사람들이 몰리기라도 하면 귀찮아지니까.'

두 사람은 느긋하게 거리를 거닐었다. 딱히 용무가 있는 게 아니라 산책 겸 기분 전환 삼아 나온 것이라 서두를 이유가 없었다.

오가는 행인들, 시장의 상인들을 바라보며 알리타가 어색하다는 표정을 지었다.

"다들 별로 걱정하는 얼굴이 아니네요. 대륙 곳곳에서 전쟁이 일어났고, 이제 또 전쟁이 일어날 텐데."

"라텐셀에서 전투가 벌어진 건 아니잖아. 전쟁이 일어나든 말든 사람들은 살아가게 마련이지."

그렇게 거리를 걷던 중이었다. 문득 시한의 눈에 익숙한 건물이 들어왔다.

예전에 한번 들렀던 그 책방이었다. 예나 지금이나 마찬가지로 가판대에 이런저런 서적들을 펼쳐 놓고 장사 중이었다.

"구경이나 가볼까?"

가판대의 서적은 죄다 바뀌어 있었다. 보아하니 그새 또 신작이 나온 모양이었다.

역시, 전쟁이 일어나든 말든 세상은 돌아가고 시간은 흘러가나 보다.

알리타가 책 하나를 집어 들고 묘한 미소를 지었다.

"어머, 이런 신작도 나왔는데요?"

불길함을 느끼며 성시한이 제목을 살폈다.

『버림받은 이계의 연인』.

제목만 봐도 왠지 내용이 대충 짐작이 갔다.

하긴, 최근 끝내주는 스캔들이 테라노어 전역을 강타했으니 글쟁이 입장에선 하늘이 내려준 소재로 보이겠지.

시한은 호기심이 생겨 책장을 넘겨보았다.

그리고 깨달았다.

예전에도 이놈의 호기심 때문에 봐선 안 될 걸 보았었다는 사실을.

"…알리타?"

"네?"

"이거 혹시 그 작가 거야?"

성시한은 '그 작가'가 누구인지 굳이 언급하지 않았다. 알리타도 굳이 묻지 않았다.

슬쩍 저자명을 본 뒤 그녀가 피식 웃었다.

"맞네요, 그 작가."

책 내용은 대충 이런 식이었다.

십 년 전, 이계구원자 성시한에 대한 마음을 애써 감추던 적색의 릴스타인은 결국 스스로의 감정에 매몰되어 버렸다.

출구를 찾지 못한 사랑이 켜켜이 쌓여 풀리지 않는 증오가 되었으니, 어둠이 이 강력하고도 섬세한 마기언의 심장을 움켜잡았다.

결국 릴스타인은 이계구원자의 연인을 빼앗음으로써 영원히 그의 기억 일부로 살아가길 선택하였으니……

"…뭐래?"

시한은 책을 신경질적으로 덮었다.

"아니, 왜 자꾸 릴스타인이야? 차라리 카렌이면 또 몰라."

그리고 가판대에 책을 던지며 투덜거렸다.

"이 작가, 붙잡을 수 없나? 도대체 나한테 왜 이러는 건지 좀 묻고 싶다."

"켈테론 후작님이라면 바로 처리할 수 있지 않을까요?"

알리타가 진지한 표정으로 고개를 끄덕였다.

"아마도 사흘 안에 작가의 머리를 시한에게 배달하지 않을까……."

잠깐, 머리를 배달한다니?

"…몸은?"

"아, 생포가 목적이었어요?"

굉장히 당연하다는 듯이 섬뜩한 소리를 해댄다. 시한은 그녀를 보며 새삼 깨달았다.

이곳은 한국이 아니다.

사람 목숨을 파리처럼 아는 테라노어다.

여기서 자신이 권력을 함부로 남용하다간 피 보는 걸로 안 끝난다. 켈테론이 아니더라도, 창천기사단이나 다른 이들이 영웅을 모욕했다는 이유로 작가 목을 뎅겅 칠 가능성이 매우 높다!

"아니, 됐어. 그냥 모른 척하련다. 아무리 그래도 짜증 난다는 이유로 사람을 죽일 수는 없지."

그냥 무시하는 게 답이다.

알리타가 팔짱을 끼며 그를 달랬다.

"자자, 딴 데 놀러 가요, 우리."

                    *   *   *

조슈아는 침을 삼켰다.

목표를 확인했다. 얼굴이 바뀌었지만 틀림없이 '그'였다.

'찾았다.'

일찌감치 창천기사단 본부 근처에 수하를 심어놓았다. 그리고 꾸준히 상황을 살폈다.

운이 따랐다.

상대가 철통같은 경계 태세를 지닌 본부에서 벗어나 호위 하나 없이 시내로 나온 것이다.

정체불명의 20대 갈렌족 청년이 창천기사단 본부에서 나온다면 이것만으로 상대가 이계구원자라고 확정 지을 수는 없다.

이나시우스 교국 정도는 아니지만 인접한 라텐베르크 왕국에도 갈렌족은 제법 많다. 그냥 본부에서 일하는 시종일 수도 있다.

하지만 창천기사단 같은 고위 소드하이어가 정체불명의 갈렌족 청년에게 정중히 허리를 숙이고 깍듯이 예의를 다한다면, 더 의심할 나위가 없지.

어리석은 이계구원자는 기껏 자신의 정체를 감추고도 미처 주변 반응까진 신경 쓰지 않았다.

조슈아는 의기양양한 미소를 지었다.

'천변기로 정체를 감춘 수법은 제법 용의주도했다. 하지만 그래봤자 진정한 암살자의 눈을 피할 순 없지!'

실은 용의주도고 자시고, 애초에 정체를 감출 생각이 없었기 때문이지만.

성시한이 얼굴을 바꾼 것은 그냥 시내 좀 편하게 돌아다니기 위해서였다. 굳이 창천기사단 본부부터 몰래 빠져나올 이유는 없는 것이다.

진정한 암살자는 개뿔, 누구나 유심히 살펴보면 알아차렸을 일이지만 다크 섀도우의 암살자들은 순수하게 감탄해 주었다.

'역시 단장님!'

'놀라운 통찰력이십니다!'

유유상종, 근묵자흑.

인간이 끼리끼리 모인다는 진리는 테라노어도 예외가 아니었다.

하여튼, 성시한을 특정 지은 조슈아와 다크 섀도우는 조심스레 그를 미행했다.

상대는 무신급 소드하이어, 결코 방심할 수 없는 상대였다. 조금만 실수해도 미행을 눈치챌 가능성이 있었다. 그래서 여러 명이 순서대로 뒤따르며 교대하는 방식을 취했다.

다행히 성시한은 아무것도 눈치채지 못했다.

아무리 '내연 관계 유지용'이라지만 명색이 시프 퀸 직속 암살단이다. 이들이 지닌 암살자로서의 기량 자체는 결코 떨어지지 않는 것이다. 실력만 놓고 보면 충분히 일류라 칭해도 좋은 수준이다.

책방을 벗어난 성시한과 백금발의 소녀가 계속 거리를 걸었다. 조슈아와 다크 섀도우도 그 뒤를 따랐다.

이윽고 목표가 좌우로 2, 3층 건물이 세워진 골목길로 접어들었다. 그리고 한 상점 앞에 멈춰 뭔가를 구경하기 시작했다.

절호의 기회였다.

조슈아와 다크 섀도우의 암살자들은 차분하게 걸음을 옮겼다. 발소리를 죽인다거나, 기척을 흐리게 한다거나 하는 짓은 하지 않았다.

상대는 이계구원자였다. 아주 작은 상황의 변화마저도 감지할 가능성이 있었다.

자신을 전혀 감추지 않고 원래부터 라텐셀의 시민인 듯, 그냥 가던 길 가는 상관없는 사람인 듯 태연하게 그를 지나쳐 적재적소에 자리를 잡는다.

모두가 제 위치에 섰다.

'좋아……'

긴장을 풀며 조슈아는 배낭에 숨겨둔 석궁을 꺼내 들었다.

평범한 석궁으로 무신급 소드하이어를 해할 수 없다는 것쯤은 그도 잘 안다. 아니, 무신급이 아니라 달인급 정도만 되어도 불가능할 것이다.

'하지만 혁명 7영웅조차도 전쟁터에선 눈먼 검을 두려워해 갑옷을 입었다고 하지.'

아무리 투기가 강력해도 끌어 올리기 전에는 존재치 않는 것이나 다름없겠지.

'투기의 힘이 없다면 아무리 무신급 소드하이어라도 평범한 인간일 뿐!'

조슈아는 석궁에 쿼렐을 장전했다.

이 쿼렐의 끝에는 한 방울로 거대 마수조차도 절명시키는 강력한 마법 독이 묻어 있었다. 굳이 숨통을 끊지 못하더라도 약간의 상처만으로 상대를 암살할 수 있으리라.

조슈아와 네 명의 암살자가 석궁을 들어 성시한을 조준했다.

여전히 그는 아무것도 눈치채지 못하고 있었다. 곁에 선 백금발의 소녀와 시시덕거리고 있을 뿐이었다.

조슈아는 회심의 미소를 지으며 신호를 보냈다.

'잘 가라, 전설의 영웅이여.'

하나, 둘, 셋.

약속된 숫자가 흐르며 다섯 개의 방아쇠가 동시에 당겨졌다.

＊　　　　＊　　　　＊

시한은 고개를 갸웃거렸다.

"…어?"

잠시 알리타가 상점의 장신구를 구경하느라 멈춰 있을 때였다. 성시한은 그녀와 조금 거리를 벌린 채 홀로 길가의 꽃들을 바라보고 있었다.

갑자기 전신의 투기가 꿈틀거렸고, 뒤이어 주위에 쿼렐 다섯 개가 둥실둥실 떠 있는 것이 보였다.

"뭐야, 이거?"

그는 투기염동을 이용해 떠 있는 화살들을 걷어냈다. 그제야 상황을 알아차린 알리타가 화들짝 놀랐다.

'암살자다!'

그녀는 잽싸게 검을 빼 들고 시한 곁으로 다가와 섰다. 그리고 정신없이 주위를 두리번거렸다.

하지만 누가 화살이 날린 건지는 알 수 없었다.

날아온 방향 자체는 알겠는데, 이미 그 자리는 텅 비어 있었다. 대신 평소처럼 거리를 오가는 시민들만 보일 뿐이었다. 그새 모습을 감춘 것이다.

알리타가 식은땀을 흘리며 성시한을 살폈다.

"다친 데 없어요?"

"응, 그냥 공중에서 붙잡았으니까."

다섯 대의 화살이 시한의 손아귀로 빨려들어 갔다. 표정을 보니 별로 놀란 것 같진 않았다.

"용케도 알아차렸네요?"

성시한이 머쓱해하며 대꾸했다.

"사실은 몰랐어."

상대는 투기나 마법을 이용한 것이 아니었다. 그냥 평범한 석궁을 쏘았을 뿐이다.

살기나 적의도 느껴지지 않았다. 게다가 시한은 긴장도 완전히 풀고 있었다.

이런 상황에선 아무리 그라도 미리 알아차릴 수 없다.

"그럼 어떻게 막은 거예요?"

성시한이 놀란 알리타를 향해 쓴웃음을 지었다.

"그게, 나 정도로 투기가 남아돌면 어지간한 원거리 공격은 대충 반사적으로 멈춰 버리거든."

아무리 강력한 소드하이어라도 투기를 끌어 올리기 전엔 그 힘을 사용할 수가 없다. 평소엔 극히 미세한 투기만 몸 안을 맴돌 뿐이니 평범한 인간과 그리 다르지 않다.

하지만 투기량이 미친 듯이 높아져 버리면, 저 '극히 미세한 투기'조차도 상대적으로 어마어마하게 높아지는 것이다.

"덕분에 이런 평범한 공격은 어느 정도 커버가 되더라고."

알리타가 기가 막혀 입을 벌렸다.

"와, 인생 참 편하게 사네요?"

"꼭 그런 건 아냐. 투기나 마법을 이용한 공격이라면 당연히 나도 혹 가지. 그래서 전쟁터에선 착실히 갑옷을 입고 다닌 거고."

이것이 십 년 전 제국의 무수한 암살자들이 이계구원자를 노렸음에도 불구하고 성공하지 못한 이유였다.

아무리 방심하고 있다 해도 일반적인 공격으로는 성시한을 암살할 수가 없다.

차라리 전투 중이라면, 투기를 집중시키는 동안 상대적으로 다른 부분에 허점이 생기니 일반적인 공격도 통용되곤 한다. 하지만 일상에선 대부분의 투기가 대기 상태라 오히려 즉각적인 반응이 가능하다. 본인이 의식하지 않아도 남아도는 투기가 알아서 막아버린다.

투기나 마법을 이용해 암살하는 것도 불가능에 가깝다.

성시한은 테라노어인과는 차원이 다른 강력한 기척 감지 능력을 지니고 있다. 투기와 마력, 적의와 살기가 회오리치는 전장이라면 모를까, 지금 같은 일상에서 갑자기 투기나 마력이 느껴진다면 바로 알아차리게 된다.

"어쨌거나 인생 편하게 사는 건 맞잖아요, 뭘."

사시사철 경계심을 세우고 사는 알리타가 보기엔 참으로 부러운 기능(?)이었다.

그녀는 투덜대며 다시 검을 허리에 찼다. 그리고 예리한 시선으로 주위를 둘러보았다.

"누굴까요, 시한을 노린 게?"

그러자 시한이 애매한 표정을 지었다.

"이게 정말 날 노린 게 맞나?"

"화살에 독까지 발라서 쐈는데, 그럼 안부 인사라도 하려는 목적이겠어요?"

그녀는 어이가 없어 시한을 노려보았다.

'누가 봐도 죽이려 한 짓인데, 지금 무슨 소릴 하고 있는 거람?'

하지만 그의 의문은 좀 의미가 달랐다.

"그러니까, 지금 누군가가 골목길을 걷는 갈렌족 청년을 죽이려 한 건 틀림없어. 그런데 과연 그게 '이계구원자'를 죽이려고 한 짓이냐, 이 말이지."

시한은 쿼렐을 빤히 보며 인상을 썼다.

"날 죽이려고 했다고, 이딴 걸로? 릴스타인이나, 레비나가?"

십 년 전부터 서로 뻔히 아는 처지다. 이 정도로 이계구원자를 해할 수 없다는 걸 저 두 사람이 모를 리가 없다.

"이건 안부 인사라 치기에도 너무 수준이 낮거든? 우리끼리 안부 인사 할 거면 최소 고룡잡이 덫이라도 깔아놨어야지. 물론 그 정도로 내가 죽을 거라 생각할 리는 없겠지만, 인사 정도는 되겠지."

알리타가 눈을 깜빡였다. 얼핏 듣기엔 강자의 오만이 극에 달한 발언이었지만······.

'생각해 보니 정말 그런 것 같기도 하고?'

실제로 성시한이 젝센가드나 카렌과 싸울 때, 서로 간단한 인사라며 반경 수십 미터를 갈아엎곤 하는 걸 본 적이 있다. 혁명 7영웅쯤 되는 강자라면 사고방식부터가 일반적이지 않은 것이다.

쿼렐을 땅바닥에 버리며 시한이 어깨를 으쓱였다.

"그냥 강도인 거 아냐? 요새 라텐셸의 치안 안 좋다던데."

"그런가 보네요."

알리타는 긴장을 풀었다. 꽤 그럴듯한 추측이었다.

현재 그녀와 성시한은 천변기로 얼굴을 위장하고 있었다. 켈테론이 눈치껏 고급품으로 옷장을 꽉꽉 채워주었으니, 입고 있는 옷도 꽤나 비싼 물건이었다.

모르는 사람 눈에는 그냥 데이트하는 돈 많은 젊은 남녀로 밖에 안 보였을 것이다.

"하긴, 고작 독 바른 화살로 천하의 이계구원자를 죽이겠다는 발상을 하는 바보가 세상에 있을 리 없겠죠."

시한은 투기를 쏘아 떨어진 쿼렐들을 가루로 만들었다. 그리고 혀를 찼다.

"그나저나, 요새 테라노어 강도 무섭네. 화살로 모자라 독을 발라서 쏘나? 십 년 전엔 이렇게 인심이 야박하지 않았던 것 같은데."

"인심 후한 강도가 더 이상하지 않아요?"

"그렇긴 하지만. 잡아버릴 걸 그랬나? 어쨌든 남의 귀한 생명을 노린 악당 놈들인데."

"왜 안 잡았어요?"

"미끼인 줄 알았지."

설마 이런 '부실한' 공격이 암살일 리는 없으니 석궁을 쏘는 틈에 진짜 공격이 들어올 거라 여겼다. 그래서 미끼 따위 무시하고 주위의 투기와 마력 흐름에 집중했다.

"그런데 아무도 없더라고."

그사이 정작 석궁을 쏜 놈들은 어디론가 사라져 버렸다.

"에이, 됐다. 신경 끄고 가던 길이나 마저 가자."

"그래요."

두 사람은 다시 느긋하게 걸음을 옮기기 시작했다.

*   *   *

간신히(?) 도망친 다크 섀도우의 암살자들은 한탄을 터뜨렸다.

"실패했군요."

"천금 같은 기회였거늘……."

조슈아가 한숨을 쉬며 아쉬워했다.

"역시 전설이 허명은 아니었군. 그 찰나에 우리 공격을 알아챌 줄이야……."

하여튼 상황이 곤란해졌다. 다시 오지 않을 절호의 기회를 놓친 것이다.

"이제 어쩌면 좋지?"

다시 암살을 시도해야 한다.

하지만 과연 기회가 올까?

경각심을 느낀 이계구원자는 바로 창천기사단 본부로 돌아가겠지. 철통같은 경계 태세 속에 숨어 결코 모습을 드러내지 않을 것이다.

"크윽, 창천기사단 본부에 침투하는 건 쉬운 일이 아닌데."

그렇게 조슈아며 다른 암살자들이 난처해하고 있을 때였다. 때마침 미행 임무를 교대한 암살자 하나가 보고를 위해 다크 섀도우에 합류했다.

그 보고의 내용은 전혀 예상치 못한 것이었다.

"안 돌아가던데요?"

"엥?"

"그냥 계속 놀러 다니던데요?"

듣자 하니, 이계구원자와 그 백금발의 소녀는 그냥 계속 라텐셀을 돌아다니며 노닥거리는 중인 듯했다. 전혀 집에 갈 생각이 없다는 것이다.

암살자들은 혼란에 빠졌다.

'도대체 무슨 짓인가?'

조슈아가 신음을 흘리며 이를 갈았다.

"그런 것인가!"

이계구원자의 행동을 이해할 수 있었다.

"과연 전설의 영웅, 실로 오만하기 그지없구나! 암살 따위 계속 시도해 보라 이거냐?"

그야말로 철저히 무시당한 셈이다. 조슈아뿐 아니라 다른 암살자들도 모멸감에 몸을 떨었다.

"하지만 거꾸로 생각하면, 이는 아직 기회가 남아 있다는 의미도 된다."

조슈아는 몸을 일으켰다.

"그 오만함이 그를 죽일 것이다!"

다른 암살자들도 재차 전의를 끌어 올렸다.

"이번에야말로!"

"도적들의 여왕에게 적의 심장을!"

*   *   *

성시한과 알리타는 속 편하게 산책을 계속했다. 암살 위험이 있다는 자각이 전혀 없으니 당연히 속이 편할 만했다.

느긋하게 거리의 꽃들을 구경하고 지나가는 시민들을 관찰한다.

문득 시한이 골목길 한쪽을 보며 중얼거렸다.

"어, 고양이다."

건물 틈새로 작은 얼룩 고양이 한 마리가 두 사람을 향해 초록색 눈동자를 데굴거리고 있었다.

성시한의 두 눈이 초롱초롱 빛났다. 은근슬쩍 다가가더니 쪼그려 앉아 손짓을 건넨다.

"야옹아, 이리 와."

당연하겠지만 고양이는 다가오지 않았다. 대신 경계 어린 눈빛으로 울음을 터뜨린다.

냐아~!

시한은 포기하지 않았다. 초지일관 앉은 자세를 유지한 채 손짓을 이어간다.

"이리 온, 이리 온."

알리타는 그 광경을 지켜보며 피식 웃었다.

"…뭐 하는 거예요?"

전설의 영웅이니 뭐니 하는 건 일단 무시하자. 그냥 서른 다 된 총각이 저러고 있는 것부터가 웃긴다.

'묘하게 귀엽기도 하고?'

보아하니, 눈앞의 고양이가 아주 그냥 예뻐 죽겠다는 표정이긴 했다.

그녀도 시한 곁에 쪼그려 앉았다. 그리고 질문을 던졌다.

"혹시 고양이 좋아해요?"

"예전에 키웠었어."

"집에 쥐가 많았나 보죠?"

시한은 쓴웃음을 지었다. 하긴, 가축이 아닌 반려동물의 개념은 어지간히 문명이 발달하지 않고선 나오기 힘들다.

"한국의 도시에서는 쥐 때문에 고양이를 키우는 사람은 별로 없어. 거의 애완용이지."

다행히 알리타는 황족이었고, 동물을 애완용으로 키우는 개념에도 충분히 익숙했다. 그래서 쉽게 알아들었다.

"한국의 도시민들은 전부 귀족 같은 삶을 살고 있나 보네요."

정확히 이해하진 못한 것 같지만.

"그건 아닌데… 음, 뭐라 설명하기가 힘드네."

잠시 고민하던 시한은 그냥 말을 얼버무렸다.

"하여튼 고양이는 좋아해. 실은 개도 키우고 싶었는데 그건 무리였지."

"왜요?"

"집이 좁아서 개까지 키우긴 힘들었거든."

"무슨 닭장에서 사는 것도 아닐 텐데, 좁아서 키우기 힘들다는 게 무슨 소리예요?"

알리타가 고개를 갸웃거렸다. 시한이 떨떠름한 표정을 지었다.

'크, 모르고 한 말이겠지만 반박할 수가 없네.'

닭장과 아파트라.

디자인적으로 보나, 기능적으로 보나 은근히 비슷하긴 하지.

하여튼 대화를 나누는 와중에도 시한은 끈질기게 고양이를 향한 손짓을 멈추지 않았다. 하지만 저 귀여운 얼룩 고양이는 도망도 가지 않고, 그렇다고 다가오지도 않고 그냥 계속 눈치만 볼 뿐이다.

'대체 언제까지 이러고 있을 셈이래?'

답답해진 알리타가 물었다.

"그냥 잡아버리면 안 돼요? 투기염동으로 모가지부터 잡고 들면……."

시한이 황당하다는 눈으로 그녀를 돌아보았다.

물론 그의 투기염동은 가공할 위력을 지니고 있다. 마음만 먹으면 고양이가 아니라 시베리아 호랑이라도 손짓 한 번으로 상공 5미터 높이에 띄울 수 있겠지.

"와! 이런 귀여운 아이를 목매달라는 거야? 알리타, 야만인."

"…이유는 모르겠는데, 시한에게서 그 소리를 들으니 굉장히 억울하네요."

알리타가 고개를 절레절레 저으며 손을 내밀었다. 가볍게 손짓하며 고운 목소리로 얼룩 고양이를 부른다.

"야옹아, 이리 와."

냐아~

순간 성시한은 충격을 받았다. 고양이가 슬금슬금 그를 경계하면서 알리타에게 다가가기 시작한 것이다!

"어, 온다."

그것도 그냥 다가온 정도가 아니라, 그녀의 손에 머리를 문고 털을 문대기 시작한다. 마치 옛날부터 키운 것처럼 자연스러운 모습이었다.

시한은 억울함에 몸을 부르르 떨었다. 분명히 초면이긴 그
나 알리타나 마찬가지일 텐데?

"그런데 난 왜?"

알리타가 재롱부리는 얼룩 고양이를 내려다보며 배시시 웃
었다.

"애교가 많네요."

어느새 고양이는 배까지 까뒤집으며 그녀의 손을 가지고 놀
고 있었다. 시한이 진지하게 부러워하는 얼굴로 중얼거렸다.

"알리타는 동물이 잘 따르네."

"만져봐요."

"도망가지 않을까?"

"도망가면 도망가는 거죠. 데리고 가서 키울 것도 아닌데."

"하긴 그렇지."

시한은 용기를 내 손을 내밀었다.

다행히 얼룩 고양이는 도망가지 않았다. 완전히 안심한 듯
두 사람 사이를 오락가락하며 털을 부비고 있었다.

성시한과 알리타가 서로를 바라보며 웃었다.

"귀엽다."

"그러게요."

봄의 화창함 속에서, 귀여운 울음소리가 은은하게 울려 퍼
졌다.

냐아옹~!

＊　　　　＊　　　　＊

조슈아는 이를 갈았다.

"놀고 있군."

비슷한 표정을 지으며, 암살자 중 한 명이 동의를 표했다.

"놀고 있군요."

조슈아가 주먹을 불끈 쥐었다.

"노릴 테면 노려보라는 건가?"

다른 암살자 한 명이 고개를 끄덕였다.

"그러지 않고서야 저런 어울리지도 않는 짓거리를 할 리가 없잖습니까?"

조심스럽게 조슈아와 다크 섀도우는 다시 이계구원자의 미행에 들어갔다. 최대한 실수를 범하지 않으며 저 두 남녀의 뒤를 따랐다.

이계구원자의 행보는 실로 오만방자의 극치였다.

한 번 더 암살을 시도해 보라는 것처럼, 대놓고 자신을 드러내고 있었다. 걸음조차도 느긋했다. 심지어 지금은 괜히 고양이를 데리고 노는 척까지 하는 중이었다.

누가 봐도 대놓고 보여주는 허점이다.

"흥! 붕어도 아니고, 저런 노골적인 미끼를 덥석 물 거라 생각하나?"

조슈아는 코웃음을 쳤다.

몇 번이나 기회가 있었지만 참고 기다렸다. 인내심이 깊어야만 원하는 결과를 얻을 수 있다는 것이 시프 퀸 레비나의 가르침이었다.

"아직 아니야. 좀 더 확실한 기회를 노려야 해."

그는 애써 흥분을 가라앉히며 목표물을 살피고 또 살폈다.

"무릇 일류 암살자라면 함부로 경거망동하지 않는 법이지."

애초에 이계구원자를 암살하겠다고 나선 것부터가 경거망동의 극에 달한 게 아닐까 싶지만, 아쉽게도 다크 섀도우 중 그 사실을 지적할 정도로 식견이 넓은 이는 없었다.

암살자들이 일제히 고개를 끄덕였다.

"물론입니다, 단장님."

＊   ＊   ＊

돌아다니다 보니 슬슬 배가 출출해졌다. 성시한은 적당한 곳에 들어가 끼니를 때우기로 마음먹었다.

"마침 저기 태번이 하나 있네."

태번(tavern)은 여관과 술집과 식당을 겸하는, 한국으로 치면 조선 시대의 주막과 같은 역할을 하는 곳이다. 테라노어는 아직 현대 지구처럼 서비스업이 기능별로 분리되어 있는 경우가 별로 없는 것이다. 카곤 시티처럼 전문화된 도시는 또 이야기가 다르겠지만.

슬슬 저녁 시간이 되어서인지 꽤나 손님들이 많았다. 자리를 잡고 앉아 주위를 둘러보며 시한이 감회 어린 표정을 지었다.

"예전엔 이런 데서 싸움도 자주 하고 그랬었는데."

뭐, 요새도 툭하면 싸움이 나는 곳이긴 했다. 기초 교육 수준이 낮은 세상에서, 장정들이 술 먹고 흥분하면 쉽사리 싸움이 일어나는 법이다. 그래서 이런 태번은 보통 은퇴한 용병이나 군인이 운영하게 마련이었다.

한국의 인식과 달리 테라노어에서 '술집 주인'이란 '산전수전다 겪은 베테랑 전사'와 동의어인 것이다.

과연, 이곳의 주인도 듬직한 어깨에 우람한 팔뚝을 지닌 인상 더러운 거구였다. 척 봐도 한가락 하게 생긴 오십 대의 중년인이 두 사람에게 다가와 퉁명스레 물었다.

"뭐 드시겠수?"

벽에 걸린 메뉴를 보며(몇 개 있지도 않았다) 알리타가 대꾸했다.

"으깬 감자랑 양고기찜, 그리고 포도주 한 병 주세요. 물은 반만 타서."

"아, 난 소고기찜으로 먹을래. 양 냄새 별로 안 좋아해."

주문을 받은 주인장이 무뚝뚝한 얼굴로 한마디 더 했다.

"선불이오."

시한이 품을 뒤져 계산을 했다.

"자, 여기……."

"조금만 기다리슈."

시한이 주방으로 돌아가는 주인장을 보며 속삭였다.

"여긴 별로 싸움이 안 나겠다. 주인장이 소드하이어인데? 종자급이긴 하지만."

아마도 기사가 못 되고 은퇴한 용병이 꾸리는 곳인 듯했다. 알리타도 납득하며 고개를 끄덕였다.

"어쩐지 손님이 많다 했어요."

홀 안에선 뜨내기 상인들은 물론이고 비번인 군인들, 그리고 간간이 젊은 여인들도 보였다.

보통 이런 태번은 저런 젊은 여인은 함부로 드나들지 않는 법이다. 게다가 천변기로 위장했다지만 여전히 알리타는 상당한 미소녀다. 그런데도 다들 그녀를 힐끔거리기만 할 뿐 쓸데없이 추파를 던지거나 하지 않는다.

아무래도 이곳에 이토록 손님이 많은 이유는 음식의 맛보다는 주인장의 무력에서 나오는 안전 보장 쪽이 더 큰 것 같았다.

확실히 다른 테이블에 놓인 요리들은 빈말로도 고급스럽다고 하지 못할 투박한 것들뿐이었다. 알리타가 살짝 실망한 표정으로 중얼거렸다.

"맛은 별로 기대하지 못하겠는데요?"

"에이, 애초에 맛 따질 거였으면 본부로 돌아갔겠지."

일류 요리사나 제논이 차려주는 식사와 이런 일개 태번의 음식이 비교가 될 리 있나? 하지만 외식이란 게 꼭 집밥이 맛없어서 하는 건 아니지.

"가끔은 이런 분위기도 나쁘지 않잖아?"

음침하고 냄새나고 사방에 성깔 더러워 보이는 아저씨들이며 짙게 화장한 언니(?)들이 득실거리는데 분위기가 나쁘지 않다니, 과거 성시한이 얼마나 막살았는지 증명하는 발언이라 하겠다.

하지만 알리타도 일곱 살 이후론 워낙 막살았다 보니 충분히 만족하고 있었다.

"그러게요, 예전엔 아빠랑 이런 데 자주 왔었는데."

그녀는 홀 안쪽을 여기저기 살피며 다리를 까닥까닥 움직였다. 표정을 보니 정말 즐겁긴 한 모양이었다.

*   *   *

홀 귀퉁이의 으슥한 테이블에 네 명의 사내가 앉아 있었다. 평범한 상인으로 위장한 조슈아와 다크 섀도우의 암살자들이었다.

'좋아, 잠입에는 성공했다.'

아무나 들어와 밥 먹고 술 먹는 곳인데 잠입은 무슨 잠입이냐 싶겠지만, 어쨌든 조슈아는 진지했다.

요리를 기다리는 척하며 그는 연신 성시한 쪽을 힐끔거렸다.

'음식을 시켰군.'

예민한 소드하이어들은 때론 타인의 시선마저 민감하게 감지하곤 한다. 그러니 지금 조슈아의 행동은 사실 암살자로서는 실격이다.

하지만 성시한은 그 시선을 눈치채지 못했다.

정확히 말하면, 눈치는 챘는데 신경을 쓰지 않았다. 알리타가 워낙 예쁘게 생겼다 보니 힐끔거리는 사내놈들이 한둘이 아니었던 것이다.

덕분에 조슈아는 들키지 않고 계속 성시한의 동태를 살필수 있었다.

'역시 전설의 영웅답군.'

사방에 모르는 사람들이 가득한데도 전혀 경계하는 기색이 없다. 언제 어디서 공격이 들어와도 감당할 수 있다는 자신감이 넘쳐흐른다.

'그래, 저자라면 그 정도의 자신감은 지닐 자격이 있겠지. 하지만⋯⋯.'

조슈아가 품에서 작은 병 하나를 꺼냈다. 퀴렐에 발랐던 바로 그 맹독이 담긴 병이었다.

'과연 보이지 않는 공격도 막을 수 있을까?'

원래 소드하이어쯤 되면 어지간한 독은 통하지 않는다. 일반인에 비해 신체 능력이 월등하다 보니 해독 능력도 워낙 뛰어나다. 강력한 소드하이어 중엔 자신이 중독된 사실조차 모르고 지나가는 경우조차도 있다.

하물며 상대는 무신급 소드하이어였다. 웬만한 독 정도는 결코 통용될 리가 없었다.

그래서 이걸 골랐다.

맹독, 운명살해자.

무색, 무취, 무미의 특성을 지니고 있으면서도 독성이 어마어마해 도적들 사이에선 궁극의 독이라고까지 불리는 물건이었다. 백여 년 전 루스클란 제국의 초인급 소드하이어 차타리우스를 독살해 그 진가를 증명하기도 했다.

물론 그만큼 가격도 엄청나다. 이 작은 병 하나분의 독을 만드는 데 들어간 비용은 족히 금화 500닢에 달한다. 조슈아를 어여삐 여긴 레비나가 특별히 하사한 것이었다.

'이번에야말로!'

각오를 다지며 조슈아는 슬그머니 자리에서 일어났다. 때마침 주방 쪽 카운터에 성시한이 주문한 음식이 나왔다.

"에밀리! 가져가라!"

"네, 아빠!"

주인장의 딸로 보이는 젊은 여인이 쟁반을 들고 요리를 옮겼다. 화장실을 가는 척하며 조슈아는 태연하게 그녀를 지나쳤다.

혹여나 이계구원자보다 옆의 백금발 소녀가 먼저 중독되어 버리면 일이 골치 아파진다. 그러니 정확히 성시한이 먹을 요리에만 독을 뿌려야 한다.

자연스럽게 옆을 지나가며 빠르게 손을 놀린다. 병을 열고, 독을 준비하고, 여인의 의식이 다른 쪽으로 향하는 틈을 정확히 포착해 소고기찜 위에 흘린다. 투명한 독액이 소스에 섞여 자취를 감춘다.

이 모든 것이 순식간에 이루어졌다.

아무것도 모른 채 에밀리가 요리를 테이블에 차려놓았다.

"음식 나왔습니다, 손님."

"잘 먹을게요."

알리타가 빙그레 웃으며 포크를 들었다. 시한 역시 마찬가지였다.

두 사람 다 전혀 눈치채지 못한 표정이었다.

조슈아는 그 모습을 지켜보며 희미한 미소를 지었다.

'됐다!'

성공했다. 무사히 음식에 독을 탔다.

이제 남은 것은 피를 토하며 죽어갈 이계구원자의 마지막 모습을 감상하는 것뿐이다!

*   *   *

양고기찜을 한 점 입에 넣은 알리타가 놀란 표정을 지었다.

"괜찮은데요?"

성시한도 자기 앞에 놓인 소고기찜을 베어 문 뒤 동의했다.

"좀 짜긴 하지만, 이 정도면 뭐……."

생각보다 음식 맛이 나쁘지 않았다. 딱히 요리 솜씨가 좋다기보다는, 재료의 상태가 괜찮았다는 쪽이 옳았다.

라텐셀은 분지 지형에 세워진 도시다 보니 근교(近郊)에 소나 양을 치는 목동들이 제법 많다. 덕분에 인근 도축장에서 수시로 신선한 고기가 보급되는 것이다.

냉장고 같은 게 없는 세상이니 해산물은 무리겠지만, 육고기 같은 경우엔 어느 정도 숙성 기간이 필요하니 운 좋으면 이렇게 질 좋은 고기도 먹을 수 있었다.

"대신 비싸지만. 어휴, 이거 한 접시에 젝센 은화 열 닢이라니."

"고기 요리 비싼 거야 당연하죠, 뭘."

별소리 다 한다며 알리타가 타박을 줬다. 시한은 웃으며 식사를 계속했다. 그러다 문득 뭔가 떠올랐는지 중얼거렸다.

"그러고 보니 레비나를 처음 만난 것도 이런 태번이었구나."

"어머, 혹시 여기였어요?"

알리타가 놀라 반문했다. 설마 그런 우연이?

성시한이 웃으며 손을 내저었다.

"아니, 여기란 소리가 아니라 그냥 이런 분위기였다고. 그땐 이스트 클라니움의 태번이었지."

괜히 그가 주위를 돌아보며 싸움부터 떠올린 게 아니다.

당시, 레비나와 처음 알게 된 계기가 바로 이런 태번의 난투를 통해서였으니까.

*   *   *

처음에는 그냥 희롱당하는 가련한 소녀인 줄 알았다.

작고 가녀린 그 소녀는 험악한 사내들에게 둘러싸여 울먹거리고 있었다.

"이, 이러지 마세요……."

태번 안에 많은 이들이 있었지만, 저 가련한 소녀를 도우려는 이들은 없었다. 그 험악한 사내들은 정규군 복장을 하고 있었다.

이들은 루스클란 제국의 동부군 소속인 것이다. 우두머리로 보이는 삼십 대의 사내가 으스대며 소녀의 팔목을 잡아끌었다.

"이 몸은 제국군 백부장이니라. 말만 잘 들으면 부귀영화를 누릴 수 있을 것이야."

"싫어요……."

소녀가 몸을 꼬며 물러서려 했다. 하지만 그 모습은 오히려 사내들을 흥분시킬 뿐이었다.

"흐흐흐흐……."

백부장이 음흉한 웃음을 흘리며 소녀의 허리를 감쌌다. 그녀가 울상을 지었다.

"흐윽……."

구석에서 식사를 하고 있던 십 대 소년, 성시한은 한숨을 내쉬었다.

"어휴, 웬만하면 조용히 넘어가려고 했는데."

요즘 들어 여기저기서 사고를 쳐놓은 게 워낙 많아 현상금도 천정부지로 올랐다. 더구나 지금의 그에겐 뜻을 같이하는 소중한 친구들이 있고, 지켜야 할 부하들이 있었다.

책임이 크다 보니 예전처럼 뒷생각하지 않고 나설 수 없는 처지다.

하지만 아무리 그래도 더 이상은 못 봐주겠다.

"꺼져."

갑자기 등 뒤에서 나타난 새파란 애송이를 바라보며 제국군 사내들은 황당해했다.

"뭐야, 이놈은?"

"미친 거 아냐?"

그리고 이내 껄껄 웃음을 터뜨렸다.

"그래, 네놈도 사내라 이거지?"

"계집 앞에서 폼 잡고 싶었냐?"

비웃음과 함께 백부장이 굵직한 손가락을 내밀어 소년의 멱살을 쥐었다.

"이거 아주 웃기는 놈이구만?"

시한이 멱살을 잡힌 채 중얼거렸다.

"제국군이라고 다 죽이는 건 아니지만……."

순간, 백부장의 머리가 180도로 돌아갔다.

"죽어도 싼 놈이 제국군이기까지 하니 마음은 편하네."

제국군 사내들이 눈을 깜빡였다.

"…어?"

원래 인간이란 앞을 바라봐야지, 등 뒤를 바라보면 안 되는 생물이다. 그런데 분명히 등을 보이고 있는 그들의 대장이 자신들과 눈을 마주하고 있다?

겨우 상황을 알아채고 나서야 비명을 터뜨렸다.

"으아아악!"

"주, 죽었어?!"

성시한은 슬쩍 백부장을 밀었다. 목이 돌아간 시체가 바닥을 나뒹굴었다.

동시에 빠르게 몸을 날린다.

"흡!"

짧은 기합과 함께 세 명의 사내가 사방으로 튕겨져 나갔다. 거구의 장정이 천장, 벽, 마루에 차례대로 처박혔다.

비명은 없었다. 신음도 없었다.

그저 핏물만이 나뭇결을 따라 흐를 뿐이었다.

"네놈들에겐 중압기도 아깝다."

성시한이 손을 털며 코웃음을 쳤다. 살아남은 세 명의 사내가 뒷걸음질을 쳤다.

"소드하이어!"

"말도 안 돼! 저렇게 어린 나이에?"

"크윽! 우, 우리가 누군 줄 알고 이러는 거냐?"

시한은 섬뜩한 눈으로 그들을 노려보았다.

이미 손을 쓴 시점에서 이들 역시 살려둘 이유는 없었다. 짙은 살기가 소년의 전신에서 안개처럼 피어올랐다.

"으, 으으으……."

사내들이 공포에 질려 신음할 때였다.

울먹이던 소녀가 갑자기 짜증을 냈다.

"아, 쟤는 또 뭐야?"

그녀의 양손이 잔상을 남기며 움직였다. 남은 세 사내가 일제히 머리를 옆으로 갸우뚱 누였다.

이렇게만 표현하면 뭔가 귀여운 상황 같지만, 원래 인간의 목은 90도 각도로 기울어질 수 없다.

"껵, 꺼억……."

목이 꺾인 세 사내가 피거품을 토하더니 이내 절명했다. 시한은 당황스러워하며 소녀를 바라보았다.

"엥?"

그녀는 더 이상 울먹거리고 있지 않았다. 겁먹은 얼굴도 아니었다.

그저 짜증스럽다는 듯 고운 눈썹을 한껏 추켜올릴 뿐이었다.

"너, 뭐니? 기껏 잘되고 있었는데!"

"…잘되고 있다니?"

성시한의 입에서 얼빠진 목소리가 새어 나왔다. 소녀가 신경질적으로 죽은 백부장을 손가락질했다.

"이 목 돌아간 인간이 오늘 저녁 이스트벨 경비 책임자거든? 초대장이나 다름없었다고. 겨우 여기까지 유인했는데."

그제야 상황이 이해가 갔다. 이 소녀는 이스트 클라니움 중앙궁, 이스트 벨을 털 목적으로 경비 담당자를 유혹 중이었던 것이다.

"도둑이었냐?"

소년은 황당해하며 눈앞의 소녀를 차분히 바라보았다. 그리고 뒤늦게 깨달았다.

'예, 예쁘다…….'

찬란한 은발에 오밀조밀한 이목구비, 일견 청순한 듯하면서도 자신만만한 인상이 기이할 정도로 매력적이다. 아름다운 푸른 눈동자는 마치 깊은 호수와도 같아 계속 보고 있으면 자기도 모르게 빠져드는 것 같다.

시한이 애써 정신을 차리며 물었다.

"너, 누구야? 너처럼 어린 나이에 이 정도로 강하다니……."

지금 소녀가 보인 무위는 최소한 달인급 소드하이어였다. 그것도 이미 벽에 도달한 수준에 가깝다. 아무리 봐도 십 대에 불과한 나이인데도!

소녀가 코웃음을 쳤다.

"남 말 하네, 너야말로 누구야? 내 또래인 것 같은데."

하긴, 이제 갓 열여덟 살이 된 성시한이 할 말은 아니긴 했다. 시한은 쓴웃음을 지으며 자기소개를 했다.

"시한. 성시한이다."

순간 소녀의 안색이 바뀌었다.

"그 이름, 들어본 적 있어."

성시한이 테라노어에 떨어진 지도 벌써 2년이 지났다. 현재 그는 릴스타인, 젝센가드, 테오란트, 카렌 이나시우스와 함께 제국 곳곳에서 명성을 떨치고 있었다.

"네가 그 지구에서 왔다는 이계인이구나? 창천의 기사라 불리는."

그녀의 표정이 풀렸다. 짜증이 사라지고 호기심과 호의가 그 자리를 대신한다.

"내 이름은 레비나. 레비나 팔로스."

소녀가 스스로를 가리키며 꽃처럼 환한 웃음을 떠올렸다.

"이래 봬도 테라노어 동부에선 시프 퀸이란 이명으로 불리고 있어."

그 미소는 너무나도 아름다웠다.

고향을 떠나 힘겹게 살아가던 한 소년의 심장을 단숨에 움켜쥘 정도로.

*　　　*　　　*

성시한은 말하다 말고 한숨을 내쉬었다.

"…다 옛날이야기지."

그리움과 씁쓸함이 뒤섞인 한숨이었다.

"하여튼 그 이후 다른 친구들에게도 레비나를 소개시켜 줬고……."

그렇게 이야기를 이어가려던 참이었는데 갑자기 시한이 안색을 굳혔다.

"어라?"

동시에 막 양고기찜에 포크를 가져가는 알리타를 제지한다.

"잠깐! 먹지 마!"

"왜, 왜 그래요?"

알리타가 당황하며 눈을 크게 떴다. 성시한이 심각한 표정으로 요리를 노려보았다.

"독이다."

              *   *   *

성시한은 허겁지겁 알리타의 손을 맞잡았다.

투기를 운용하며 초조한 얼굴로 그녀의 몸 상태를 점검한다. 정신을 집중하던 그가 잠시 후 안도의 한숨을 내쉬었다.

'휴우, 알리타는 무사하네.'

그래도 혹시 몰라 그녀가 먹었던 양고기찜이며 으깬 감자, 포도주까지 일일이 검사해 보았다. 하나하나 혀에 대고 신중하게 확인한 후에야 확신이 섰다.

이 독은 오직 소고기찜에만 들어 있었다. 그리고 알리타는 소고기찜은 먹지 않았다.

"다행이다……."

긴장이 풀린 듯 성시한은 어깨를 축 늘어뜨렸다. 생각해 보니 이런 호들갑을 떨 필요까진 없었다.

'하긴, 정말 알리타가 독을 먹었으면 진작 쓰러져도 쓰러졌 겠지.'

그녀의 안위가 걸려서 그런지 제정신이 아니었던 것 같았다.

성시한은 고소를 머금었다. 알리타가 당황한 얼굴로 그를 살폈다.

"시한이야말로 괜찮은 거예요? 독이라면서……."

"음, 배가 살살 아프긴 한데……."

시한은 아랫배를 문지르며 인상을 썼다.

'생각해 보니 이것도 보통 일은 아니네.'

무신급 소드하이어 중에서도 유독 투기량이 많은 성시한은 독에 대한 내성도 어마어마하게 높다. 그런 그가 자각 증상을 느낄 정도면 보통 맹독이 아니란 소리다.

"이 정도로 강력한 독은 테라노어에서도 몇 개 없는데?"

초인급 소드하이어를 독살한 걸로 유명한 마법독 운명살해자나 도시 하나를 몰살시킨 천재지멸(天災之滅), 고룡의 위장조차도 일격에 녹여 버린다는 드래고니악 정도만이 이 정도의 독성을 지니고 있었다.

그리고 그것들 중 싼 물건은 절대 없었다.

"단가를 제일 낮춰도 최소 금화 300닢은 할걸? 게다가 돈이 있다고 아무나 구할 수 있는 물건도 아니야."

평범한 갈렌 족 청년에게 사용하기엔 지나치게 귀하고 비싼 독인 것이다. 적어도 누군가가 그를 특정 지어서 노리고 있다는 것은 확실해졌다.

'혹시 그 쿼렐에 묻었던 독도 이거였나? 이럴 줄 알았으면 확인해 보는 건데.'

화살촉이 끈적거리기에 독을 바른 줄이야 알았지만, 별거 아닌 줄 알고 무시해 버렸다.

성시한은 인상을 쓰며 주위를 힐끔거렸다. 알리타가 식은땀을 흘리며 물었다.

"시프 퀸의 암살자일까요?"

여전히 표정을 굳힌 채 시한이 대꾸했다.

"음, 그건 아직 잘 모르겠어."

"네?"

알리타는 잠시 어리둥절해했다. 중독되었다면서 그건 모르겠다니?

"이게 분명 맹독이긴 한데, 그렇다고 나를 죽일 용도로 썼다기에는 또 애매한 게……."

혁명전쟁 시절 그를 노리던 암살자의 수는 족히 세 자리에 달했다. 무기에 의한 암살이 불가능하니 독살을 노린 경우도 무수히 많았다. 그야말로 테라노어에 존재하는 온갖 독은 다 먹어보았다.

"레비나의 부하라면 무신급 소드하이어가 독에 당하지 않는다는 것쯤 모를 리가 없잖아?"

예전에 마수 고기를 먹고 고향집 떠올리는 환각 비슷한 걸 본 적은 있지만, 그건 그냥 워낙 끔찍하게 맛이 없어서였지, 딱히 중독되어서 그런 건 아니다.

"정말 이계구원자로서의 나를 노렸다면 굳이 이런 돈 낭비를 하진 않았겠지."

알리타가 당혹스러워하며 시한을 위아래로 바라보았다.

"어, 그럼 별문제 없는 거예요?"

"배가 좀 아프긴 한데, 이 정도는 그냥 화장실 다녀오면 나아."

"……"

그녀는 기가 막혀 입을 뻐끔거렸다.

'맙소사, 드래곤 위장을 녹이는 맹독을 먹었는데 고작 배탈로 끝나는 거야? 완전히 사기잖아!'

어째서 십 년 전 이계구원자에 대한 암살 시도가 죄다 실패했는지 알 것 같았다.

"아, 물론 그냥 되는 건 아니고, 따로 특별한 투기 운용이 필요하긴 하지만……"

성시한이 중얼거리며 자리에서 일어났다. 목숨에는 지장이 없다지만 배가 아프긴 하니 어서 이 사태를 해결해야 한다.

"나 잠깐 화장실 좀 다녀올게. 따라오지 마."

시한은 붉어진 얼굴로 시선을 피하며 총총걸음으로 홀을 벗어났다. 알리타는 고개를 갸웃거렸다.

"……?"

왠지 부끄러워하는 표정이었다. 그야 물론 용변이라는 것이 딱히 대놓고 떠들 행위가 아니긴 하지만, 화장실 한번 갔다 오는 정도로 왜 저렇게까지 부끄러워하는 걸까?

어쨌든 알리타도 자리에서 일어났다.

아무리 따라오지 말라곤 했지만 중독된 사람을 혼자 놔둘 순 없는 것이다. 무슨 일이 일어날지 어떻게 알고?

성시한은 뒤따르는 그녀의 기척을 느끼며 속으로 한숨을

쉬었다.

'아오, 따라오지 말라고 했는데.'

해독하는 방법 자체는 쉽다. 그냥 화장실 가서 큰일 한번 보면 된다. 단지 문제는…….

'무신기를 발동한 상태여야 효과가 있다는 거지.'

시한은 혀를 차며 화장실 안으로 들어갔다.

'에라, 모르겠다.'

잠시 후, 알리타는 왜 굳이 따라오지 말라고 했는지 깨달았다.

'꺅! 저게 뭐야?'

태번 뒤뜰에 설치된 작은 목재 화장실.

그것이 어느 순간 찬란한 광채를 뿜어내기 시작한다. 화장실이 통째로 황금빛 서광으로 휘감겨 화려한 빛의 윤무를 춘다. 허름한 나무 벽이 온통 노랗게 물들어 반짝반짝 빛나고 있다.

더럽게 아름다운 광경이었다.

"……."

그녀는 어째 기운이 빠져 고개를 돌렸다. 지나가던 술 취한 손님 하나가 그 광경을 지켜보며 감상을 남겼다.

"오메? 어떤 미친놈이 뒷간에 금칠을 해놨어?"

＊　　　＊　　　＊

조슈아와 다크 섀도우는 허겁지겁 태번을 벗어났다. 계속해서 식은땀을 흘리며 정신없이 걸음을 옮긴다. 태번으로부터 거의 두 블록 넘게 떨어지고 나서야 그들은 걸음을 멈췄다.

암살자들이 벌벌 떨며 조슈아를 돌아보았다.

"마, 맙소사……."

"단장님, 우리가 본 게……."

"정말 현실이긴 한 겁니까?"

조슈아의 하독 솜씨는 나무랄 데가 없었다.

완벽하게 음식에 독을 탔고, 어느 누구에게도 들키지 않았으며, 정확하게 목표물을 중독시켰다.

그런데 고작 배탈이라니? 초인급 소드하이어조차도 절명시킨 맹독 중의 맹독을 제대로 먹였는데!

이제 어떻게 해야 할지 모르겠다. 도저히 이계구원자를 죽일 방법이 떠오르질 않는다.

혼란에 빠진 암살자들은 그저 자신의 단장만 바라보며 다음 명령을 기다렸다.

물론 조슈아라고 딱히 방법이 있을 리 없다. 그저 암담하고 암담할 뿐이다.

"크윽!"

그는 절망에 빠져 이를 갈았다.

"…무신급 소드하이어는 괴물인가!"

＊　　　＊　　　＊

성시한과 알리타는 더 이상 지체하지 않고 바로 창천기사단 본부로 돌아갔다.

쿼렐이 날아왔을 때야 그러려니 했지만, 독살 시도는 누가 봐도 시한을 노리는 게 틀림없었다. 고작 일개 라텐셀 시민 하나 죽이겠다고 금화 수백 닢짜리 맹독을 썼을 리는 만무하니까.

본부에 도착하자마자 바로 사람들부터 불러 모았다.

이계구원자에 대한 암살 시도는 실로 중대한 사건이다. 창천기사단의 부대장들은 물론이고 카렌과 바락, 그리고 왕성에서 바쁘게 일하던 켈테론도 한달음에 달려왔다.

세인들은 커다란 테이블에 모여 앉아 시한과 알리타의 설명을 들었다.

자초지종을 파악한 에세드와 우드로우가 미간을 찡그렸다.

"독을 바른 화살에 이어서……."

"맹독에 의한 독살 시도라?"

실피스와 비렛타가 이해하기 힘들다는 표정으로 서로를 바라보았다.

"일단 시한 대장을 죽이겠다는 의도는 아닌 것 같네요."

"그렇죠?"

제논이 눈을 껌뻑거리며 두 여인을 응시했다.

"…저게 죽이려는 의도가 아니라고요?"

스치기만 해도 죽을 맹독을 화살에 묻혀서 쏘고, 그것도 모자라 음식에 타기까지 했는데?

하지만 다른 사람들은 진심인 듯했다. 바락과 카렌이 성시한을 가리키며 당연하다는 듯 말했다.

"딴 놈도 아니고, 저 녀석이잖냐?"

"정말 시한이 목표였다면 아무리 그래도 저렇게 허술하게 준비하진 않았겠죠."

사뭇 진지한 얼굴로 사람들이 한마디씩 내뱉는다.

"시한 대장을 죽일 생각이었으면……."

"적어도 고룡잡이 덫 대여섯 개는 깔아놨겠죠."

"마법 함정도 파놓고요."

"9층 폭염 마법진 스무 개 정도면 어느 정도 가능성이 있겠네."

"현재 시프 퀸에겐 크림슨 나이츠가 있잖습니까? 그럼 초인급 소드하이어도 서른 명 정도는 준비했겠지요."

"하지만 만약 실패하면 막대한 전력과 물자를 잃게 될 겁니다."

"그렇죠? 상당히 불리해질 테니 함부로 시도할 순 없겠죠."

"현시점에서 시한을 정말 죽이고 싶다면 군대 대 군대로 붙어 서로의 전력을 깎아가며 몰아가는 게 가장 현실적인 방안일 텐데……."

"그걸 모를 레비나가 아니지요."

뭔가 어마어마한 이야기가 자연스럽게 오가고 있었다. 덕분에 제논과 알리타는 대화를 따라가지 못하고 속으로 혀만 내두를 뿐이었다.

'어휴, 적응 안 되네.'

'대체 십 년 전에 시한이 뭔 짓을 했기에 저런 소리들을 하시는 거지?'

어쨌든 혁명전쟁 경험자들의 태도는 대체로 비슷했다. 하나같이, 고작 이딴 게 이계구원자에 대한 암살일 리 없다는 것에 의견을 모은다.

카렌이 고개를 갸웃거렸다.

"그럼 대체 뭘까요? 과거의 인연을 확실하게 끊겠다는 레비나의 메시지?"

시한이 피식 웃었다.

"그 메시지는 이미 남해에서 충분히 주고받은 것 같은데?"

사람들은 혼란에 빠졌다. 그들이 지닌 상식에 비해 암살 수준이 너무 떨어지다 보니 도저히 진위를 파악할 수가 없었다.

결국 의견은 하나로 모였다.

뭔가 레비나가 음모를 꾸미고 있다.

…그런데 그게 뭔지를 모르겠다.

말없이 듣고만 있던 켈테론이 조심스레 의견을 냈다.

"저기요, 시한 님."

"왜, 켈테론?"

"일단 그 암살자들부터 잡아놓고 물어보면 안 됩니까? 잡아서 심문해 보면 될 것 같은데."

"그럴 시간이 있어? 출정이 4일밖에 안 남았는데?"

"워낙 중요한 사안이잖습니까? 며칠 미루죠. 날짜 조금 늦춘다고 전쟁에서 지는 것도 아닐 텐데."

에세드와 우드로우가 인상을 썼다.

"며칠 정도 늦추는 것이야 문제가 없겠지만……."

"고작 며칠 만에 숨어 있는 암살자를 잡을 수 있겠소? 라텐셀도 꽤 큰 도시인데?"

켈테론은 히죽 웃으며 양손을 비볐다.

"다행히 제 밑에, 그쪽 방면으론 제법 조예가 있는 친구들이 있습니다요."

*   *   *

켈테론 기사단의 초창기 멤버(사실 그땐 기사단조차 아니었지만)임에도 워낙 초절정 강자들이 날이 갈수록 입단하는 통에 그동안 찍소리 한 번 못 내고 쥐 죽은 듯이 살아가던 마크 일행.

그들이 오랜만에 켈테론 후작에게 불려 갔다.

"네에? 저, 저희가 무슨 수로 그런 일을 합니까요?"

마크 일행은 명령을 듣자마자 공포에 질렸다.

라텐셀로 잠입해 이계구원자에 대한 암살을 시도한 레비나여왕의 부하들을 색출하라니? 그런 어마어마한 거물들을 상대로 자신들 같은 시종잡배가 뭘 할 수 있다고?

당연히 켈테론도 이들에게 거기까지 기대하진 않았다.

"붙잡으란 소리가 아닐세. 그냥 찾기만 하라고."

라텐셀 뒷골목의 정보나 소문을 모아 암살자로 의심되는 이들을 고르기만 해라. 그럼 나머지는 창천기사단이 알아서할 거다.

그제야 마크 일행은 안심했다.

"에, 그거라면 저희 전공이네요."

애초에 켈테론 밑에서 자잘한 정보들을 모아오던 이들이었다. 그러면서 몰래 뜨내기 상인들의 돈도 좀 뜯고, 창녀들도좀 후리고, 가끔 떼인 돈 받으러 도망친 채무자를 찾아다니며

가욋돈도 좀 벌고.

그 와중에 많은 친구와 인맥을 만들었으니, 라텐셀의 뒷골목이라면 이들의 홈그라운드였다. 안심하고 밖으로 나섰다. 등 뒤에 천하의 창천기사단이 버티고 있으니 두려울 것도 없었다.

정확히 사흘 뒤.

창천기사단원들은 마크 일행을 다른 눈으로 바라보게 되었다.

"자네들, 대단하군!"

"역시 사람은 각자 지닌 재능이 다르다더니……."

"놀라운 솜씨가 아닌가?!"

그날 저녁, 켈테론은 시한 일행 앞에 서서 의기양양하게 보고했다.

"다 잡았습니다!"

*　　　*　　　*

베르패스는 레비나가 건네준 보고서를 읽으며 흐뭇한 표정을 지었다.

"이건 기대 이상인데요? 용케 사흘이나 시간을 벌었군요. 조슈아치곤 제법 잘해줬습니다."

그 대가로 조슈아와 다크 섀도우의 목숨이 지척에 달했다는 사실은 전혀 신경 쓰지 않는 것 같았다.

'애당초 살아서 돌아올 거라 기대하지도 않았으니까.'

베르패스는 내심 조소하며 레비나를 바라보았다.

그녀는 입가에 묘한 웃음을 머금고 있었다. 그리고 그는 저 미소의 의미를 알고 있었다.

'뭔가 꿍꿍이를 꾸미고 계시는군.'

문득 레비나가 고개를 돌리며 말했다.

"나와, 블랙."

방 한쪽 구석에 드리운 그림자에서 검은 형체가 솟구쳤다. 검은 복면을 쓴 정체불명의 사내였다. 잠형기를 푼 사내가 정중히 무릎을 꿇고 나직하게 외쳤다.

"도적들의 여왕을 뵙습니다!"

그는 레비나 여왕 직속 암살부대, 갈가마귀단의 단장이었다.

다크 섀도우는 그냥 조슈아가 예쁘니까 만들어준 것뿐이고, 레비나가 진짜 신뢰하는 이들은 이쪽이다.

블랙을 본 베르패스가 의외라는 표정을 지었다.

"혹시, 정말로 이계구원자를 암살하실 생각입니까, 폐하?"

대답은 레비나가 아니라 블랙이 했다.

"저희는 진짜 암살자들입니다, 하이어 베르패스. 다크 섀도우 같은 허접한 것들과 다르지요."

"그래? 그럼 자네들은 이계구원자를 암살할 수 있단 말인가?"

"진정한 암살자라면 상대에 대한 정보 파악이 최우선입니다. 그런데 애초에 이계구원자를 노리겠다는 발상 자체를 할 리가 없지 않습니까?"

능력 안 된다는 소리를 참 당당하게도 한다 싶겠지만, 실은 이거야말로 블랙이 진짜 실력자라는 증거다. 자신의 역량을 확실히 알고 현실을 제대로 보고 있다는 의미이니까.

레비나가 블랙을 내려다보았다.

"왜 불렀는지 알지?"

"예, 폐하. 이미 모든 준비는 끝나 있습니다."

"믿고 기다릴게."

복면 사내가 다시 그림자 속으로 몸을 숨기며 순식간에 자취를 감췄다. 방 안에 다시 레비나와 베르패스, 둘만 남게 되었다.

"...라고 말은 해도, 지금 천장을 타고 열심히 기어가는 게 죄다 느껴지지만 말이죠. 보고 있자니 좀 웃기네요."

베르패스가 천장을 따라 시선을 옮기며 물었다.

"그런데 이계구원자를 암살할 게 아니면, 저 친구는 대체 왜 부르신 겁니까?"

"별건 아니고 그냥 보험이나 좀 들어볼까 해서."

"보험은 또 뭡니까?"

레비나가 순진한 소녀처럼 눈웃음을 쳤다.

"시한이 자주 하던 헛소리인데, 자기는 몰라도 돼."

Chapter 4

Real assassin

짙은 어둠이 깔린 감옥에 십여 명의 사내들이 결박되어 있었다. 창천기사단에 의해 사로잡힌 암살자, 다크 섀도우의 일원이었다.

원래 라텐셀에 잠입했던 인원은 이 두 배가 넘는다. 전투 도중에 사망하기도 하고, 붙잡힐 위기에 처하자 자결한 이들도 있어 이것만 남은 것이다.

그래도 십여 명이면 정보를 캐내기에 충분한 숫자였다. 켈테론은 차가운 눈으로 포박된 이들을 내려다보았다.

"으으으……."

사내들은 신음하고 있었다. 그동안 모진 고문을 당했는지 다들 전신이 피투성이였다.

켈테론이 질문을 던졌다.

"어디서 왔느냐?"

고통스러워하는 와중에도 암살자 중 한 명이 코웃음을 쳤다.

"흥! 이 정도로 우리 입을 열 수 있을 것 같으냐?"

켈테론이 암살자들을 훑어보며 고개를 절레절레 저었다.

"아니, 사실 이건 쓸데없는 질문이군. 보나 마나 시프 퀸이겠지."

"……."

암살자들이 켈테론을 외면했다. 표정을 보니 딱히 그의 추측을 부인하지 않는 듯했다.

'일단 레비나의 수하들인 건 확실하군.'

충분히 짐작하고 있던 사실이지만, 그래도 확인하는 것과 안 하는 것은 정보의 질이 전혀 달라진다.

켈테론은 슬그머니 몇 가지 질문을 더 던졌다.

언제 라텐베르크 왕국으로 들어왔지? 역시 열흘 전인가? 누구의 협력을 받았지? 딱히 협력을 받은 게 아니라 그냥 독자적으로 신분을 숨겼나?

다크 섀도우는 모든 질문을 침묵으로 일관했다. 암살자답게 그 정도 교육은 레비나로부터 받은 것이다.

하지만 아쉽게도 이들은 그리 우수한 학생이 아니었고, 입은 다물 수 있어도 표정이나 눈빛마저 감추진 못했다.

암살자들의 반응을 통해 켈테론은 자신이 입수한 정보의 진위를 판가름했다. 그리고 내심 결론을 내렸다.

'흐음, 이거 어째 점점 내 추측이 맞아떨어지는 것 같은데……'

그렇다 해도 표정이나 반응은 어디까지나 추측의 영역을 벗어나지 못한다. 확실한 결론을 위해선 좀 더 정보가 필요하다.

걸음을 옮겨 켈테론은 감옥 제일 안쪽에 묶여 있는 사내에게 다가갔다. 그리고 내심 감탄했다.

참 잘생긴 남자였다. 혹독한 고문과 더러운 감옥 내 환경조차도 그의 미모를 미처 감추지 못할 정도였다.

"보통 인물이 아닌 것 같소만, 이름을 물어도 되겠소?"

사내 역시 다른 암살자처럼 말없이 고개를 돌렸다. 더 이상 한마디도 내뱉지 않겠다는 태도였다.

켈테론이 희미한 웃음을 보였다.

"솔직히 말하면 짐작은 가지만. 당신만큼 잘생긴 사람이 테라노어에 또 있을 것 같진 않거든?"

그제야 청년이 힘없이 입을 열었다.

"그래, 내가 조슈아 그라나티스다."

입가에 떠오른 켈테론의 미소가 더욱 짙어졌다.

이걸로 이들의 정체도 확인했다. 예상했던 대로 레비나 직속 암살 부대, 다크섀도우와 그 단장이었다.

물론 이 정도로 딱히 중요한 정보라 할 수는 없다. 문제는 대체 이들이 무슨 의도로 성시한을 '암살하는 척'했느냐는 것이다.

켈테론이 독사처럼 헛바닥을 놀리기 시작했다.

"혹시 시프 퀸에게서 버림받았소?"

"……!"

조슈아가 움찔 떨었다. 그러나 아직 입을 열진 않았다.

"그렇지 않고서야 시프 퀸이 자신의 연인 중 하나를 굳이 이계구원자 암살에 투입할 리가 없지 않겠소? 아무리 봐도 나가 죽으라는 명령이라고밖에 안 보거든? 참으로 무서운 여자로다, 허허허."

"헛소리 마라, 이놈! 폐하께선 그런 분이 아니시다!"

조슈아가 발끈해 반박했다. 그러다 자신이 입을 열었음을 자각하고 도로 굳게 입술을 닫는다.

믿을 수 없다는 듯 켈테론의 질문이 이어졌다.

"아니, 그럼 설마 시프 퀸은 그대들이 이계구원자를 암살할 수 있다고 판단했던 거요?"

안타깝다는 듯 끌끌 혀를 차기 시작한다.

"아무래도 시프 퀸의 판단력이 예전만 못한 것 같군. 혁명 전쟁 시절엔 결코 수하들에게 승산 없는 임무를 맡기진 않았었는데."

조슈아의 얼굴이 붉어졌다. 잠자코 듣고 있을 수가 없었다.

자신을 모욕하는 건 참을 수 있지만, 레비나를 모욕하는 것은 참을 수 없다!

"폐하는 상관없다! 모든 것은 내가 독단적으로 저지른 일이다!"

켈테론이 이해하지 못하겠다며 눈을 깜빡였다.

"이해할 수 없구려. 당신이 그럴 이유가 없지 않소?"

"흥! 네놈 같은 소인배가 어찌 진정한 사랑을 알겠느냐!"

그 후로도 몇 마디 대화가 더 이어졌다. 켈테론이 연이어 슬쩍슬쩍 조슈아의 심기를 긁었다.

묶여 있는 와중에도 조슈아는 레비나에 대한 모욕을 감내하지 않았다. 열심히 반발을 해댔다.

잠시 후, 켈테론은 웃으며 감옥을 벗어났다.

조슈아는 자신이 철저하게 비밀을 지켰다고 믿고 있겠지만, 이미 대화의 행간을 통해 필요한 모든 정보를 캐낸 후였던 것이다.

'그냥 떠보는 정도에 이리 잘 낚이다니, 거참.'

정말이지, 저 청남색 머리칼의 미청년은 세간의 평 그대로였다.

'총애하지 않기엔 너무 잘생겼는데, 총애하기엔 너무 멍청하다고 했던가?'

결론이 나자 그는 다시 성시한을 만나 보고를 올렸다.

"사건의 전말을 모두 확인했습니다, 시한 님."

"어, 뭐였는데?"

켈테론이 차분히 알아낸 정황을 설명했다. 이야기를 들은 시한이 요약해 결론을 내렸다.

"…그냥 바보였다고?"

"네, 그냥 바보였습니다."

성시한은 허탈한 듯 웃었다.

알고 보니 음모 따윈 존재하지도 않았다. 그냥 멍청한 놈 하나가 레비나에게 잘 보이겠다며 미련한 짓을 저지른 것뿐이었다.

"나 참, 기껏 나 배신하고 선택했다는 게 저런 놈이냐?"

시한이 고개를 저으며 켈테론에게 말했다.

"쓸데없는 일로 사흘이나 지체했군?"

대수롭지 않다는 듯 켈테론이 대답했다.

"괜찮습니다, 일정에 큰 지장은 없으니까요."

＊　　　＊　　　＊

출정 이틀 전.

두 소녀가 라텐셀 시내를 걷고 있었다. 잠시 창천기사단 본부를 나온 알리타와 디나였다.

둘 다 마로 된 상의와 갈색 조끼, 치마를 입은 평범한 차림이었다.

전투에 나서는 것도 아니고 암살자도 다 처리했으니, 굳이 시내에서 불편한 갑옷으로 돌아다닐 필요는 없는 것이다. 만일을 대비해 장검 한 자루씩만 허리에 찬 상태였다.

외출 목적은 전쟁 시 쓸 소소한 물품 구입.

켈테론은 시한 일행과 창천기사단을 위해 물심양면 지원해주었다. 하지만 아무래도 십 대 소녀의 취향까지 맞추기는 어려웠던 것이다. 하긴, 사십 대 중년 사내가 십 대 소녀의 취향까지 정확하게 꿰고 있다면 그게 더 무서운 일이긴 하다.

"남쪽 거리에 제 단골 가게가 있어요, 마스터."

디나는 알리타를 안내하며 걸음을 옮겼다. 흑사자 기사단의 종자로 있을 때부터 그녀는 전(前) 마스터인 하이어 파라멘을 위해 자잘한 물품을 직접 마련하고 다녔다고 했다.

알리타가 살짝 놀라며 물었다.

"하인을 시키지 않고 직접? 귀족인데도?"

"종자의 임무니까요."

애초에 기사의 종자로 들어가는 이유는 단순히 전투 기술을 익히기 위함만이 아니다. 마스터를 따라다니며 다양한 경험을 쌓는 것 역시 중요한 수업이다. 귀족이랍시고 하인에게 대신 심부름을 시키는 것은 말도 안 되는 짓인 것이다.

만약 마스터와 종자, 단둘이 있는데 물건 좀 구해 오라고 하면 뭐라고 대답할 건가? 지금은 하인이 옆에 없어서 심부름을 다녀올 수 없다고 할 건가?

부유한 귀족가의 딸일 때야 얼마든지 하인을 시킬 수 있겠지만, 종자의 위치에 있는 이상은 그에 맞는 의무를 행해야 한다.

"제가 무슨 황족도 아니고, 어떻게 그런 짓을 해요?"

혀를 날름 내밀며 디나가 귀엽게 웃었다.

'아, 그렇구나.'

알리타는 뭔가 깨닫고 쓴웃음을 지었다.

그녀가 어렸을 적에 본 이들은, 종자 신분임에도 저런 사소한 일들은 전부 시녀들을 시켰었다. 죄다 황족 출신들뿐이었으니까.

'그러고 보니 당시 심부름하던 시녀들도 죄다 귀족가 영양들이긴 했지.'

고귀한 제국 공주의 위치에 있다가 바로 천한 용병으로 굴러떨어진 처지이다 보니 오히려 이런 어중간한 귀족가 상류층에 대한 생태는 잘 모른다.

하지만 디나는 저런 알리타의 태도가 역시 평민 출신이어서 그런 거라 생각하고 있었다.

'이런 부분을 잘 모르시는 걸 보면 분명히 귀족 출신은 아닌데, 이상하게 기품이 느껴진단 말이지?'

그럼에도 수상하다고 여기진 않았다. 그저 한층 흠모의 정이 깊어졌을 뿐.

'역시 마스터 언니께선 대단하셔. 평민임에도 저런 기품을 타고나시다니, 괜히 이계구원자의 간택을 받은 게 아니라니까?'

디나는 전설의 영웅과 나란히 선 아리따운 백금발의 미소녀를 떠올리며 헤실헤실 웃었다. 그녀를 힐끔거리며 알리타가 속으로 혀를 찼다.

'얘, 또 이상한 생각 하고 있네.'

어서 볼일이나 마쳐야겠다. 알리타가 거리를 바라보며 물었다.

"얼마나 더 가야 되니?"

"아, 얼마 안 남았어요."

디나가 총총걸음으로 앞장섰다. 알리타도 그녀의 뒤를 따랐다. 두 소녀가 라텐셀의 거리를 빠르게 지나쳤다.

한 명의 사내가 그 뒤를 쫓아가고 있었다.

평범한 행상 차림으로, 떠돌이 상인다운 태도와 표정을 고수한다. 이들을 지나치는 그 누구도, 심지어 눈썰미 좋은 지역 상인들조차도 의심치 않을 정도로 자연스러운 모습이다.

사내가 두 소녀를 계속 미행했다.

이윽고 디나가 골목길로 들어섰다. 단골 가게를 가는 지름길이었다. 알리타도 그녀를 따라 골목으로 향했다.

사내, 갈가마귀단의 단장 블랙은 드디어 기회가 왔음을 느꼈다.

'시작한다.'

그는 신호를 보냈다.

*   *   *

두 소녀가 좁은 골목길을 지나간다.

골목길 맞은편을 두 사내가 걸어온다.

자연스럽게 네 사람은 서로를 지나쳤다. 행인과 행인이 서로 제 갈 길을 가는, 지극히 평범한 일상이었다.

막 두 사내가 알리타와 디나를 지나치는 순간, 사내들이 품에서 작은 둔기를 꺼냈다. 가죽 주머니에 모래나 쇳가루를 채워서 휘두르는, 일명 블랙잭이라 불리는 무기였다. 살상용이라

기보단 상대를 실신시키는 용도로 도적들이 애용하는 무기다.

두 사내가 몸을 틀었다. 블랙잭이 허공을 갈랐다. 등을 돌린 두 소녀를 향해 소리 없는 일격이 날아들었다.

그때였다.

"흡!"

나직한 호흡과 함께 알리타가 고개를 젖혀 공격을 피했다. 동시에 검을 뽑아 디나 쪽으로 휘둘렀다.

예리한 장검이 디나를 노린 블랙잭을 허공에서 두 동강 냈다. 모래와 쇳가루가 사방으로 비산했다.

"윽!"

당황한 사내들이 한 발 뒤로 물러섰다. 디나가 기겁해 뒤를 돌아보았다.

"마스터?!"

알리타는 어느새 디나를 보호하며 두 사내들을 노려보고 있었다. 사내들이 당황한 얼굴로 품에서 단검을 꺼내 들었다.

'어떻게 알았지?'

'뭔가 실수가 있었나?'

완벽한 기습이었다. 그런데 미리 알아챈 것처럼 너무도 자연스럽게 반응했다!?

물론 이들은 실수 따위 하지 않았다. 단지 상대가 나빴을 뿐이다.

굳이 이 두 사내가 아니더라도, 알리타는 그동안 라텐셀 시내를 걸어오며 사정거리 안에 들어오는 '모든 시민'을 상대로 '저 생판 모르는 인간들이 언제 칼을 들고 날 쑤실지 몰라!'라며 경계하고 있었으니까.

알리타가 싸늘한 어조로 물었다.

"누구냐?"

사내들은 대꾸하지 않았다. 진정한 암살자는 목표 앞에서 결코 입을 열지 않는다.

단검을 쥔 채 사내들이 투기를 끌어 올렸다. 검은 기류가 그들을 감쌌다.

알리타의 안색이 굳었다. 어째 눈에 익은 투기술이었다.

'잠형기?'

어둠에 휩싸인 채 사내들이 몸을 날렸다. 두 개의 그림자가 골목길을 누비며 알리타를 향해 쇄도해 왔다.

알리타도 투기를 끌어 올렸다. 마찬가지로 어둠이 그녀를 감쌌다.

사내들은 놀라지 않았다. 목표물이 잠형기를 익히고 있다는 정보는 이미 입수해 놓았다.

어둠과 어둠이, 그림자와 그림자 사이를 오가며 서로 얽혔다. 투기검과 투기검이 서로 충돌하며 둔탁한 뇌성을 퍼뜨렸다.

두 사내와 알리타는 순식간에 몇 차례나 공방을 교차했다. 잠시 후 어둠 사이로 피가 솟구쳤다.

"크윽!"

두 사내가 어둠에서 토해지듯 튕겨 나왔다. 각자 팔다리에 긴 자상을 입고 비틀거린다.

사내들의 안색은 창백했다. 예상했던 것보다 알리타가 너무 강했다.

'이럴 수가?'

'기사급이라고는 들었지만, 이 정도였나?'

두 암살자의 시선이 슬그머니 디나에게 향했다. 인질을 잡을 셈이었다.

하지만 알리타는 그마저도 짐작하고 있었다. 이미 상대방의 동선을 예측하고 그 앞을 가로막은 후다.

어둠을 흩뿌리며 그녀가 살기 어린 눈빛을 발했다.

"레비나의 개들이 아직 라텐셀에 남아 있었을 줄은 몰랐는데?"

왜 성시한이 아니라 그녀를 노렸는지 모르겠다. 뭐, 굳이 지금 알아볼 필요도 없긴 했다.

'붙잡아 가면 켈테론 후작이 알아서 심문해 주겠지.'

알리타가 다시 어둠 속으로 몸을 숨기려던 찰나였다. 등 뒤에서 제3자의 목소리가 들렸다.

"거기까지."

냉기가 목덜미를 스치고 지나갔다. 전혀 기척을 느끼지 못했던 것이다. 알리타는 경악하며 뒤를 돌아보았다.

또 다른 사내 한 명이 다나의 팔을 꺾은 채 그녀의 목에 예리한 칼날을 들이대고 있었다.

"이 귀여운 아이의 목을 베고 싶진 않거든?"

붙잡힌 다나가 벌벌 떨며 소리를 질렀다.

"안 됩니다, 마스터! 제 목숨 따윈 개의치 말고……."

순간 그녀가 축 늘어졌다. 사내, 블랙이 투기를 이용해 다나를 기절시킨 것이었다.

"시끄러워지면 곤란하지."

다나를 붙잡은 채 블랙은 싸늘하게 웃었다.

"자, 그럼 칼을 버려주실까?"

＊　　　　＊　　　　＊

알리타의 표정에는 변화가 없었다.

여전히 경계하는 표정으로 검을 겨누고 있다. 전혀 항복할 생각이 없어 보인다.

블랙은 속으로 혀를 찼다.

'쳇!'

다크 섀도우와 달리 갈가마귀단은 제대로 된 일류 암살단이었다. 당연히 목표물의 정보를 최대한 모았다.

문제는 그럼에도 저 소녀의 정체가 잘 파악이 안 된다는 점이었다.

일단 실력만 해도 예측했던 것보다 훨씬 높았다. 만일을 대비해 블랙이 몸을 숨기고 있지 않았더라면 놓쳤을 수도 있었다.

성격 역시 종잡을 수가 없었다.

냉혈한이라기엔 정이 많은데, 정이 많다고 하기엔 또 맺고 끊음이 확실하고, 단호하다고 하기엔 또 물렁한 부분이 있다.

'이거, 인질극이 먹힐지 안 먹힐지 모르겠군.'

만약 알리타가 디나를 포기하고 혼자 도망쳐 버리면 솔직히 잡을 자신이 없다. 라텐셀 시내에서 칼부림을 벌일 수는 없는 노릇이니까.

한편 알리타는 고민 중이었다.

만약 저들의 목표가 그녀의 목숨이라면 결코 항복할 수 없다.

'내가 목숨을 내던진다고 디나를 살려준다는 보장은 없어. 오히려 단서를 남기지 않으려고 함께 죽이려는 쪽이 정상적인 태도겠지.'

지금 알리타의 목숨은 그녀 개인의 것이 아니다. 그녀의 심장이 불타면 성시한 역시 지구로 강제 귀환을 당하게 된다. 만약 이들이 그 사실을 알아채고 알리타를 노린 것이라면 항복하는 순간 모든 일이 엉망이 된다.

알리타가 싸늘한 눈빛을 고수한 채 물었다.

"내가 칼을 버리면? 디나를 놓아줄 건가?"

"당장은 힘들고, 안전해졌다는 판단이 서면 놓아주지. 우리 목표는 당신이니까."

블랙이 진지하게 대답하며 품에서 뭔가를 꺼냈다. 양쪽 팔목을 구속하는 사슬이 달린 족쇄였다.

"죽일 생각은 없다. 그저 얌전히 이것만 착용해 주면 돼."

블랙이 족쇄를 부하 암살자에게 던졌다. 그녀는 그것을 살펴보며 눈살을 찡그렸다. 강력한 마력이 느껴지고 있었다.

'고룡잡이 덫을 접할 때 느꼈던 마력과 종류가 같아. 비록 위력은 훨씬 약하지만⋯⋯.'

투기와 마력을 동시에 억제하는 용도로 만들어진 일종의 마도구였다. 보자마자 알리타는 저 물건이 그녀 전용으로 특별히 만들어졌음을 깨달았다.

투기와 마법을 함께 구사하는 이는 테라노어에서도 거의 없다. 게다가 저 족쇄는 투기에 비해 마법 억제용 마력이 월등히 높게 느껴진다. 알리타의 특성과 정확히 일치하는 것이다.

'정말로 생포가 목적인 것 같네.'

그렇지 않다면 저런 '전용 구속구'를 일부러 준비하진 않았을 테니까.

그렇다면 아직 기회가 있다.

"좋아, 항복하겠어."

알리타는 장검을 던졌다. 그리고 얌전히 두 손을 내밀었다.

암살자 하나가 조심스레 그녀에게 다가왔다. 두 팔을 묶고 두꺼운 금속 목걸이를 채운다.

철컹!

쇳소리가 섬뜩하게 귓가를 울렸다.

＊　　　＊　　　＊

비렛타는 인상을 썼다.

'애들이 너무 늦는데······.'

슬슬 해가 저물고 있었다. 시내로 나간 알리타와 디나가 돌아왔어야 할 시간이 한참 지났다.

그녀의 걱정에 우드로우가 대수롭잖다는 반응을 보였다.

"돌아다니다 보면 좀 늦을 수도 있지. 별걱정을 다 하는군?"

디나야 그렇다 치고, 알리타는 결코 약자가 아니다.

전투 경험이 많은 기사급 소드하이어이며, 비록 제한이 많긴 하지만 한 방에 달인급 소드하이어를 날려 버릴 정도로 강력한 마기언이기도 하다. 시내의 불한당 따위는 그녀에겐 한 주먹거리도 되지 않는 것이다.

하지만 비렛타는 근심을 풀지 않았다.

"느낌이 안 좋아요."

결국 그녀는 마크 일행을 불러 알리타와 디나의 행방을 알아보라고 시켰다.

마크 일행은 바로 라텐셀 시내로 향했고, 인맥을 동원해 두 사람의 자취를 쫓았다. 그리고 누군가에 의해 두 사람이 납치되었음을 알아냈다. 인적 드문 골목에서 벌어진 전투였지만 다행히 목격자가 있었다.

창천기사단 본부는 발칵 뒤집혔다. 자택에 머물고 있던 켈테론도 본부로 소환되었다.

마크 일행에게서 자세한 조사 사항을 보고받은 뒤, 켈테론은 바로 성시한을 찾았다.

"…알리타와 디나가 납치당했다고?"

"죄송합니다, 시한 님. 아무래도 제가 미처 확인하지 못한 팔로스의 잔당들이 남아 있었던 것 같습니다."

고개를 조아린 채 켈테론이 시한의 눈치를 살폈다.

그의 안색은 딱딱하게 굳어 있었다. 켈테론이 빠르게 말을 이었다.

"다행히 목숨에는 지장이 없을 것으로 판단됩니다. 정황을 살펴보았을 때 그들의 목적은 두 사람을 생포하려는 것으로 보입니다."

여전히 성시한은 말이 없었다. 켈테론의 어깨가 더더욱 위축되었다.

"너무 걱정하실 필요는 없습니다, 시한 님. 탐색을 위해 따로 사람을 풀 정도의 여유는 있으니까요. 출정 일정에는 지장이 없을 겁니다."

그때 시한이 고개를 저었다.

"따로 사람을 풀 필요 없어."

켈테론은 의아해했다.

"네? 그들을 찾지 말라고요?"

성시한은 차갑게 웃었다. 그는 그런 의미로 말한 것이 아니었다.

"알리타를 찾는 것이 최우선 사항이다. 그까짓 전쟁 따위 며칠이 미뤄지든 상관없어."

살기는 없었다. 어깨를 짓누르는 강렬한 기세도 느껴지지 않았다.

그저 지독한 한기, 높은 산에서 불어오는 메마른 바람처럼 뼛속 깊이 스며드는 차가운 분노만이 사방을 가득 메운다.

켈테론은 자기도 모르게 부들부들 떨었다. 과거의 배신자들을 떠올릴 때조차도, 시한이 이토록 분노하지는 않았던 것 같았다.

"찾아라. 수단과 방법을 가리지 말고, 창천기사단 전원을 동원해서라도, 무슨 수를 써서라도……."

시한은 심연에서 울리는 듯한 무거운 목소리로 명령을 내렸다.

"그녀를 찾아라, 켈테론."

켈테론은 공포에 질려 허리를 숙였다.

"바, 바로 시행하겠습니다, 시한 님!"

*   *   *

한 무리의 일행이 라텐셀 근교를 벗어나 길을 가고 있었다. 한 대의 마차와 여러 마리의 기마로 이루어진 일행이었다.

앞장서 말을 몰던 흑발의 삼십 대 사내, 블랙이 문득 마차를 바라보았다. 납치한 소녀들, 알리타와 디나를 감금해 놓은 마차였다.

"그래도 조슈아, 그 바보가 아주 쓸모없었던 건 아니군."

레비나 여왕은 조슈아와 다크 섀도우의 무단이탈에 굳이 신경을 쓰지 않았다. 하지만 별개로 갈가마귀단을 보내 정황 파악은 시켰다.

조슈아를 구하기 위해서라든가 하는 이유는 물론 아니었다.

그의 미모는 분명 아까운 것이지만, 그렇다고 레비나가 특혜를 줄 순 없다. 여왕의 명령을 거역했으니 이는 반역죄에 해당된다. 그리고 무릇 일국의 지배자라면 신상필벌을 공정히 해야 하는 법이다.

정말 이계구원자의 목이라도 들고 오지 않는 한은, 조슈아는 용케 도망쳐 팔로스 왕국으로 돌아가도 어차피 효수될 처지인 것이다.

그래서 일부러 붙잡히도록 놔뒀다.

"어차피 세상에 남자는 많으니까 괜찮아."

이것이 조슈아와 다크 섀도우가 붙잡혔다는 소식을 접했을 때 레비나가 내뱉은 말이었다.

왕명을 거역하는 것에 대한 좋은 본보기도 되었고, 삼국동맹의 출정도 사흘이나 늦출 수 있었으니 나름 만족스러운 결과였다.

블랙과 갈가마귀단의 진짜 임무는 현재 성시한의 정보를 최대한 모으는 것이었다.

어차피 이계구원자 암살 따윈 통할 리 없다. 하지만 다크 섀도우라는 미끼를 이용하면 삼국동맹의 시선을 피하면서 좀 더 안전하게 정보를 수집하는 것이 가능하다. 운 좋으면 새로운 정보를 얻을 수 있을지 모른다.

아쉽게도 기대와 달리 쓸 만한 정보는 건지지 못했다.

갈가마귀단이 파악한 것은 이계구원자의 평범한 일상뿐이었다. 시한이 암살에 대처하는 방법은 어차피 그들도 알고 있는 사실이었다.

실망하면서도 블랙은 모든 사소한 정보까지 착실히 레비나에게 전달했다. 그리고 도적들의 여왕은, 쓸모없다고 여긴 그 정보 속에서 의외의 보물을 찾아냈다.

"그걸 생각하면 확실히 조슈아는 제 몫을 다한 셈이지."

지금도 왕성의 감옥에 갇혀 있을 미청년을 떠올리며 블랙은 비웃음을 흘렸다.

"그럼 잘 가시게, 하이어 조슈아. 제발 살아서 다시 만나지 말자고."

그는 계속 말을 몰았다. 이미 해가 서쪽으로 뉘엿뉘엿 지고 있었다. 조만간 어둠이 사방으로 깔릴 터였다.

상식적으로는 슬슬 숙영지를 찾아야겠지만 블랙은 이동을 멈출 생각이 없었다.

'저 소녀가 정말 여왕님의 예상대로라면……'

천하의 이계구원자가 분노에 차 그들을 쫓고 있을 것이다.

조금이라도 라텐셀과 멀어져야 한다. 안전 가옥에 도착할 때까지는 결코 방심할 수 없다.

"이랴!"

박차를 가하며 블랙은 사흘 전 레비나와의 대화를 떠올렸다.

*   *   *

레비나 앞에 부복하고 그간의 보고서를 올리던 중이었다.

서류를 읽어가던 레비나가 문득 눈을 빛냈다.

"어머? 이 알리타란 아이는 누구지?"

"이계구원자의 심복 중 한 명으로 보입니다만."

블랙의 대꾸에 레비나는 고개를 저었다.

"아니, 대하는 태도가 어째 예사롭지 않아."

그녀의 입가에 회심의 미소가 떠올랐다.

"꽤나 소중한 사람인 모양인데?"

블랙은 의아해했다.

"네? 뭐, 그야 그럴 수도 있겠습니다만……."

성시한은 한창때의 남자고, 알리타는 아름다운 소녀이니 두 사람이 꽤나 밀접한 관계일 가능성은 충분하다. 하지만 그것이 무슨 의미가 있는 것인지 모르겠다.

레비나가 블랙을 내려다보며 혀를 찼다.

"얘는? 소중한 사람이 있다면, 인질로 충분히 쓸모가 있지 않겠어?"

물론 블랙은 인질을 잡아본 경험이 매우 많았다. 팔로스 왕국 건국 초기에 말 안 듣는 귀족가 자녀들을 납치해 본 적도 한두 번이 아니고.

그럼에도 그가 저 개념을 떠올리지 못한 이유는 간단했다.

"이계구원자에게는 인질극이 통하지 않지 않습니까?"

이미 십여 년 전, 루스클란 제국에서도 온갖 수단을 다 써봤던 것이다. 성시한의 주위 사람들을 붙잡아 인질극을 벌인 것도 한 두 번이 아니었다.

하지만 성시한은 절대 타협하지 않았다. 인질을 구하려 노력하긴 했지만, 결코 제국의 요구를 따르는 일은 없었다.

그 단호한 태도는 테라노어 전역에 알려졌고, 제국이 혁명군 상대로 인질 협상을 포기하는 계기가 되기도 했다.

레비나가 빙그레 웃었다.

"당시에야 그랬지."

성시한은 분명 혁명군의 리더답게 부하나 백성이 인질로 잡히면 단호한 결정을 내렸지만, 그렇다고 정말 소중한 이의 목숨마저 등한시할 정도로 냉정진하 못했다.

"그런데 왜 인질극이 통하지 않았냐고?"

레비나는 그 이유를 말했다.

"당시 시한이 정말 소중하게 여기는 이들 중 인질로 삼을 수 있을 만큼 만만한 작자가 하나도 없었거든."

혁명전쟁 시절 성시한에게 소중한 이들이라면 바로 혁명 6영웅인 것이다.

이계구원자가 혁명 7영웅 중 최강이긴 했지만, 다른 이들도 결코 약하지 않았다. 인질로 잡을 수 없기는 시한이나 혁명 6영 웅이나 피장파장이다.

"그렇다고 시한의 부하나 창천기사단 정도는 인질로 잡아 봤자고."

인질극이 통하는 절대적인 조건이 하나 있다. 그 인질이 다 른 모든 사람들보다도 소중한 존재여야 한다는 전제 조건이.

만약 창천기사단 중 한 명을 인질로 잡았다 치자. 그리고 그 인질을 이용해 성시한을 옭매려 한다 치자.

인질로 잡힌 부하를 구하기 위해 제국의 명령에 따르다간 다 른 부하의 목숨이 위태로워진다. 창천기사단 모두가 소중하다 면, 붙잡힌 이는 포기할 수밖에 없다. 그리고 당시 혁명군이라 면 모두 그 정도의 각오는 한 채 제국에 맞서 싸운 이들이었다.

"정확히 말하면 인질극이 통하지 않았다기보다는, 인질로 삼을 만한 약자가 없었지. 시한 곁에."

하지만 지금은 인질로 삼을 만큼 만만한 존재가 생겼다. 고 작해야 기사급 소드하이어에 마력만 좀 많을 뿐인 십 대 소 녀, 훌륭한 약점이다.

물론 함부로 인질을 잡다가 상대의 화를 돋워 상황을 더

악화시키는 경우도 없는 것은 아니지만……

"어차피 지금 우리 사이는 최악이잖아?"

싸늘한 눈빛으로 레비나가 말했다.

"이 아이, 확보해. 어디다 써먹을지는 두고 봐야 알겠지만, 어쨌든 확보한 것만으로도 시한과의 관계에서 우위에 설 수 있겠지."

"알겠습니다, 폐하."

블랙이 고개를 숙였다.

레비나의 명령이 내려졌다고 바로 라텐셀로 향할 순 없었다. 알리타란 소녀의 생포가 목적이라면 그에 걸맞은 준비가 갖춰져야 한다.

"준비를 마친 뒤 다시 찾아뵙겠습니다."

레비나는 허락했다.

"좋아."

*   *   *

밤이 깊어짐에도 불구하고 갈가마귀단은 발길을 멈추지 않았다. 야음을 틈타 최대한 빠르게 어둠 속을 질주했다.

왕도 라텐셀로부터 한나절 이상 떨어진, 깊은 산속의 한 버려진 오두막에 도착해서야 이들은 겨우 이동을 멈췄다. 갈가마귀단이 미리 마련해 둔 안전 가옥이었다.

블랙이 명령을 내렸다.

"다들 휴식을 취하도록. 결코 경계를 늦추지 말고."

그리 큰 오두막이 아니어서 갈가마귀단 전원이 들어가 묵을 순 없었다. 암살자들은 마당에 숙영지를 꾸리고 늦은 저녁 식사를 시작했다.

식사는 메마른 비스킷과 육포가 전부였다. 불을 피우는 것은 금지되었다. 들킬 가능성이 너무 높아지니 시야 확보를 위해 오두막 안쪽에 작은 등불을 피우는 것만 허용되었다.

그동안 알리타와 디나는 창고로 옮겨졌다.

"들어가라."

암살자 한 명이 무심한 어투로 두 사람을 밀어 넣은 뒤 창고 기둥에 묶었다. 상대의 눈치를 보며 알리타가 디나에게 물었다.

"다친 데 없니, 디나?"

"네, 마스터."

겁에 질린 와중에도 디나는 애써 침착하게 대답했다. 안심한 듯 고개를 끄덕이며 알리타는 암살자를 살폈다.

그는 무표정한 얼굴로 두 사람을 기둥에 묶는 데만 열중하고 있었다. 딱히 조용히 하라며 윽박지르거나 하진 않는다.

'일단 떠드는 정도는 허용하는 것 같네.'

슬그머니 물어보았다.

"왜 우릴 납치한 건가요?"

암살자는 대꾸하지 않았다. 알리타가 질문을 이었다.

"전 그냥 평범한 창천기사단의 일원일 뿐이에요. 이렇게 대대적으로 납치 계획을 세울 만큼 대단한 인물은 아닌데요?"

여전히 암살자는 침묵을 지켰다. 대화를 하지 말라는 명령을 따로 받은 것인지, 아니면 그냥 천성이 과묵한 건지는 잘 모르겠다.

확인차 한 번 더 떠보았다.

"혹시 우릴 이용해서 이계구원자를 어찌할 생각이라면 소용없을걸요? 그에겐 인질극이 통하지 않아요. 책을 조금만 읽어봐도 알 텐데?"

적막이 이어졌다. 그녀는 속으로 혀를 찼다.

'쳇.'

이 암살자는 정말이지 한마디도 하지 않았다. 그녀가 뭐라고 떠들든 전혀 반응이 없다.

그렇다고 표정조차 변화가 없는 것은 아닌 게, 뭔가 하고 싶은 말은 있는데 억지로 참는 눈치다.

'역시 아무 말도 하지 말라는 명령이 떨어진 건가.'

이들의 우두머리로 보이던, 기사급 소드하이어인 알리타의 감각을 속이고 디나를 인질로 잡았던 그 사내 정도는 되어야 뭔가 대화가 가능할 듯했다.

'그 전까진 딱히 상황을 파악할 방법이 없겠네.'

암살자는 두 사람을 단단히 묶은 뒤 창고 밖으로 나갔다. 소리를 들어 보니 완전히 자리를 비우는 건 아니고 문밖에서 계속 감시할 모양이었다.

창고 안에 알리타와 디나만 남았다.

알리타는 기둥에 몸을 기댔다. 양팔에 채워진 족쇄가 철컹거리며 쇳소리를 냈다.

디나가 겁먹은 얼굴로 물었다.

"이제 어쩌죠, 마스터?"

"기다려 봐야지."

알리타는 창문 너머의 밤하늘을 바라보았다. 별의 위치를 보아하니 밤이 꽤나 깊어졌다.

"하아……."

그녀는 한숨을 쉬며 자신의 가슴, 즉 심장의 위치에 손을 가져갔다.

'…시한이 걱정할 텐데.'

＊　　　　＊　　　　＊

라텐셀 외곽의 창천기사단 본부.

켈테론은 허겁지겁 복도를 달려갔다. 평소 달리기를 별로 즐기지 않는 그였지만 지금은 상황이 달랐다. 최대한 빨리 이 소식을 성시한에게 알려야 했다.

시한의 방문 앞에 채 도달하기도 전이었다.

방문이 먼저 열렸다. 이미 시한은 그의 접근을 알아채고 있었던 것이다.

"찾았나?"

시한이 초조한 기색이 역력한 목소리로 물었다. 켈테론은 바로 지도부터 내밀었다.

"헉헉, 일단 대략적인 위치는 파악했습니다만⋯ 정확한 장소까진 아직 확인하지 못했습니다."

성시한은 빼앗듯 지도를 받아 든 뒤 정신없이 그것을 살펴보았다. 잠시 숨을 몰아쉰 뒤 켈테론이 마저 보고를 이었다.

"하지만 창천기사단을 총동원하면 금방 찾을 수 있을 겁니다. 해가 뜨기 전에 그들을 구해 오겠습니다, 시한 님!"

시한이 지도를 구겼다. 그리고 오른손을 벽으로 뻗었다.

"아니."

벽에 걸려 있던 롱 소드, 디재스터가 저절로 날아와 그의 손아귀에 잡혔다.

"직접 간다."

켈테론은 살짝 당황했다.

"네? 하지만 굳이 시한 님께서 직접 행차하실 필요까지……."

혹여나 이계구원자를 노린 일종의 미끼일 수도 있는 것이다. 중요도를 생각하면 창천기사단 선에서 처리하는 것이 더 효율적이다.

그러나 성시한은 듣지 않았다.

"그대의 조언이 옳다는 건 알고 있다, 켈테론. 하지만 이 일을 남에게 맡길 생각은 없어."

벌써 몇 시간째 불길한 생각에 사로잡혀 있었다.

알리타가 아직 살아 있다는 건 알고 있다. 그는 아직 테라노어에 머물고 있고, 이는 곧 그녀의 심장이 무사하다는 증거다.

하지만 여인에겐 때론 죽음보다 더한 끔찍한 일도 생기는 법이다. 특히나 알리타처럼 아름다운 소녀에게는 특히.

'만약 알리타에게 무슨 일이 생겼다면…….'

시한은 이를 악물었다.

칠흑의 눈동자가 격렬한 감정을 담아 불꽃처럼 피어올랐다.

*　　　*　　　*

얼마나 갇혀 있었을까?

창고 문이 열리고 블랙이 안으로 들어섰다. 그가 알리타와 다나 앞에 비스킷과 육포를 담은 그릇을 내려놓았다.

"저녁 식사다. 메뉴에 불평하지 말아줬으면 좋겠군. 우리도 같은 걸 먹었으니까."

알리타가 블랙을 노려보았다. 싸늘한 어조로 감시 역에게 던졌던 질문을 다시 던진다.

"왜 우리를 납치한 거죠?"

역시 대답은 없었다. 그저 비릿한 미소만을 지을 뿐이었다. 하지만 적어도 감시 역보다는 반응을 보였다.

'좀 더 흔들어볼까?'

갑자기 생각났다는 듯 그녀가 묶인 두 손으로 가슴께를 가리며 호들갑을 떨었다.

"서, 설마 내 몸을 노리는 것!?"

이어서 눈을 부라리며 앙칼지게 외친다.

"그런 일을 당할 바엔 차라리 혀를 깨물고 죽어버릴 거예요!"

예상도 하지 못한 행동이었기 때문일까? 결국 블랙의 침묵이 깨졌다.

"풋! 웃기는 소릴 하는군."

실소하며 그는 묶여 있는 알리타를 내려다보았다.

"아무래도 오해가 좀 있는 것 같은데……"

괜히 쓸데없는 짓이라도 하면 곤란하다. 차분한 목소리로 블랙이 말을 이었다.

"첫째, 혀 깨무는 정도로 사람은 죽지 않는다. 도대체 저 말도 안 되는 헛소리가 언제부터 세상에 퍼졌는지는 모르겠지만 말이야."

방치 상태라면 과다 출혈로 서서히 죽을 수 있을지는 모르겠지만, 지금처럼 옆에서 감시 중인 사람이 있으면 바로 지혈이 가능하다. 혀 깨물어 자살한다는 건 있을 수 없다. 자백을 안 하려고 스스로 혀를 자르는 경우면 또 모르겠지만.

"그리고 둘째로, 그대가 생각하는 일은 없을 것이다. 나는 소중한 인질을 함부로 다룰 생각은 없거든."

알리타가 이해할 수 없다는 표정을 지었다.

"전 그냥 창천기사단의 일원일 뿐이에요. 이 아이는 제 종자일 뿐이고요. 인질로서의 가치는 없을 텐데요?"

블랙이 뱀처럼 차갑게 웃었다.

"이계구원자의 여자라면 충분히 인질로서 가치가 있을 것 같은데?"

이미 정황을 통해 확인을 마쳤다. 성시한이 이 백금발의 소녀를 얼마나 아끼는지도 파악했다.

과연, 블랙의 발언에 알리타의 안색이 눈에 띄게 굳었다.

회심의 미소를 지으며 그는 말을 이었다.

"이계구원자의 여자를 건드릴 배짱은 없다. 그러니 안심해도 좋아."

단순히 성시한의 분노가 두렵다는 의미만은 아니었다.

그는 알리타가 성시한의 애인이라 확신하고 있었다. 그런데 만약 그녀가 안 좋은 일을 당하기라도 한다면?

물론 이계구원자는 크게 분노할 것이다. 하지만 그와 별개로 알리타의 인질로서의 가치가 사라질 위험도 크다.

'자고로 사내란 것들은 자기 여자가 다른 놈에게 더럽혀지면 바로 애정이 식는 법이지.'

그러니 성시한에게 심적으로 타격을 주려는 목적이 아닌 이상, 굳이 어리석은 짓을 할 필요는 없다.

"얌전히 시키는 대로 하면 별문제 없을 게다."

으름장을 놓은 뒤 블랙이 몸을 일으켰다. 창고를 나서려는 그에게 알리타가 물었다.

"그럼 날 죽일 생각은 없다는 건가요?"

"그렇다."

"범할 생각도 없고?"

"그렇다."

알리타가 멍하니 중얼거렸다.

"그럼 내 심장은 계속 뛰겠군요……."

순간 블랙은 헛웃음을 흘렸다. 저건 서사시 같은 데서나 사용하지, 현실에선 잘 안 쓰는 말투다. 누가 기사 아니랄까 봐 표현 한번 고풍스럽기도 하다.

어이없어 하며 그는 대충 맞장구쳐 주었다.

"그래, 그대의 심장은 계속 뛸 게다."

블랙이 창고 밖으로 나갔다. 다시 창고에 알리타와 디나, 두 사람만 남았다.

'음.'

알리타의 안색이 바뀌었다. 멍청한 표정 대신 냉정하고 침착한 얼굴이 그 자리를 대신했다.

'내가 시한의 애인이라서 납치한 거란 말이지?'

그렇다면 진짜 비밀이 알려진 것은 아니다. 그녀의 심장이 성시한의 존재를 유지시켜 준다는 진정한 비밀이.

혹시나 싶어 일부러 심장이란 단어를 끼워 어색한 문장을 만들면서까지 상대의 의중을 떠보기도 했다. 틀림없이 블랙은 그에 대해 아무것도 모르고 있었다.

'하기야, 만약 알고 있었다면 굳이 날 납치할 필요도 없었겠지? 붙잡자마자 심장부터 뽑아서 불태우면 되는데.'

가장 강력한 적수를 간단히 없애 버릴 수 있는 절호의 기회를 일부러 미룰 것 같지는 않았다. 알리타의 생명이 어떻게 되든 레비나가 신경 쓸 이유는 없으니까.

'아니면 알아차렸으면서도 일부러 생포하라고 시켰을지도?'

어쩌면 성시한의 약점을 손에 넣어 그를 마음대로 조종하려는 의도일지도 모른다.

그러나 이내 알리타는 가능성이 거의 없는 일이라고 판단했다. 그럴 목적이라면 훨씬 간단한 방법이 있었다.

'그런 이유라면 그냥 내 심장을 뽑아 얼려서 들고 오라고 했겠지.'

훨씬 편하게 성시한을 협박할 수단이 있는데, 굳이 알리타의 몸속에 심장을 넣어놓을 필요는 전혀 없다.

결론이 나왔다.

'저들이 내 진짜 정체를 알아챈 것은 아니야. 그냥 인질로 써먹을 만하다 싶어 저지른 일일 뿐이지.'

충분히 정보를 빼냈다. 상대방의 의중도 파악했다.

'그럼 더 이상 이곳에 볼일은 없네.'

알리타의 두 눈이 반짝 빛났다.

슬슬 움직일 시기였다.

*　　　　*　　　　*

디나는 잠들어 있었다.

납치당한 주제에 잠을 자다니, 배짱 한번 좋구나 싶겠지만 원래 감금은 엄청난 긴장을 요구한다. 게다가 붙잡힌 창고는 어둡고 조용한 곳이다.

배짱이 좋아서가 아니라, 불안과 긴장에 지쳐 잠든 것이었다.

알리타가 그녀를 깨웠다.

"일어나, 디나."

속삭이는 듯한 작은 목소리였다. 디나는 화들짝 정신을 차렸다. 그리고 슬그머니 고개를 들어 주위를 살폈다.

"구조대가 왔나요, 마스터?"

이내 그녀는 실망했다.

주위에 구조대 따윈 없었다. 여전히 둘뿐이었다.

"아직 우릴 찾지 못한 것 같아."

알리타가 몸을 일으켰다. 희미하게 사슬 소리가 울렸다. 창문 밖을 내다보며 그녀가 중얼거렸다.

"언제까지고 기다리고 있을 수만도 없으니……."

성시한이나 창천기사단이 구하러 올 수도 있어 여태 참고 기다렸다. 알리타와 성시한은 이계소환술이라는 특별한 마법에 의해 서로 묶여 있으니, 혹시나 그녀의 위치를 마법적으로 파악할 수 있을지도 모른다고 생각했다.

하지만 여태 소식이 없는 걸 보면 아무래도 시한에게 그런 식의 탐색 능력은 없는 모양이다.

"우리끼리 알아서 탈출해야지."

알리타의 대답에 디나가 의아해했다.

"탈출이요? 무슨 수로?"

현재 디나의 양손엔 두꺼운 강철 수갑이 채워져 있었다. 딱히 마법 같은 게 걸려 있지는 않지만 종자급 소드하이어의 힘으론 절대 풀 수 없는 단단한 물건이었다.

알리타 경우엔 아예 투기와 마력을 억제하는 강력한 마도구를 찬 상태였다. 디나는 이 마법 족쇄에 대해 블랙이 떠든 협박을 기억하고 있었다.

"이건 기사급 소드하이어의 투기는 물론이고, 무려 7층 마기언의 마력까지 동시에 억제하는 기물이다. 아무리 용써봐야 소용없으니 헛생각하지 않는 게 좋을걸?"

조슈아의 다크 섀도우와 달리 갈가마귀단은 목표 대상에 대한 정보 수집을 결코 게을리하지 않았다. 알리타의 실제 실력에선 오차를 보였지만 투기량이나 마력량은 꽤나 정확하게 파악했다.

그 정보를 토대로 준비한 것이 이 마법 족쇄였다. 이 마도구를 차고 있는 이상 알리타가 투기술이나 마법을 쓰는 것은 불가능하다.

"혹시 열쇠라도 훔치셨어요?"

"아쉽지만, 그런 기회는 없더라."

고개를 저으며 알리타는 양팔을 앞으로 내밀었다.

자신의 팔목을 조용히 응시한다. 블랙은 이 마법 족쇄가 그녀의 투기와 마력을 충분히 억제할 것이라고 했다. 그리고 분명히 이 마도구는 기사급 소드하이어인 알리타의 투기를 완벽하게 억제하고 있다.

"그런데……."

알리타가 빙긋 웃었다.

"지금의 난 7층 마기언도 아니거든?"

현재 그녀의 마력은, 출력만 치면 거의 8층 끝자락에서 9층 초입부에까지 올라 있다. 사미드를 일격에 즉사시킬 때보다도 월등히 높아진 상태다.

숨을 몰아쉬며 알리타는 정신을 집중했다. 그리고 문을 향해 손을 뻗으며 주문을 외웠다.

"작렬하는 섬광, 내리치는 파괴의 빛이여……."

복잡한 술식도, 까다로운 마력 제어도 필요 없는 단순무식한 섬광계 주문, 아케인 스크라이크를 준비하며 계속해 마력을 끌어 올린다.

웅웅웅웅!

마법 족쇄가 붉게 빛나며 희미한 소음을 내기 시작했다.

족쇄의 마법이 알리타의 마력 발동을 억제하는 것이다. 하지만 점점 더 감당이 안 되는지 표면 여기저기에 금이 가기 시작한다.

알리타는 속으로 쾌재를 올렸다.

'역시!'

이것이 그녀가 순순히 인질극에 응한 이유였다.

확실히 블랙은 제대로 준비했다. 알리타의 투기와 마력량을 파악하는 건 물론이고, 혹시나 숨겨둔 힘이 있을 것까지 감안해 족쇄의 억제 능력에 충분히 여유를 뒀다. 상식적으로 볼 때 그는 실수하지 않았다.

단지 알리타의 마력 증폭 속도가 워낙 비상식적이었을 뿐이지.

족쇄를 본 순간 그녀는 블랙의 착각을 알아차렸다. 그렇지 않았다면 아무리 디나의 목숨이 걸렸다 해도 그렇게 간단히 신병을 내어주진 못했을 것이다.

족쇄에 걸린 마법은 어디까지나 7층 마기언의 마력을 억제하는 수준이다. 현재 그녀의 마력이라면 충분히 족쇄를 부수고 마법을 구사할 수 있다.

'문제는 마법을 쓴 이후지만.'

아케인 스트라이크를 날리면 그녀는 완전히 탈진 상태에 빠져 버린다. 기껏 족쇄를 풀어도 도망갈 힘이 남지 않으면 의미가 없다. 그래서 이제까진 얌전히 구출을 기다렸다.

하지만 슬슬 모험을 해야 할 때였다.

'모자라는 기력은 정신력으로 메우는 수밖에.'

각오를 다지며 그녀는 시동어를 외쳤다.

"아케인 스크라이크!"

마법 족쇄가 박살 났다. 동시에 한 줄기의 섬광이 창고 문을 향해 작렬했다.

콰아아아앙!

거대한 폭발이 일어났다. 문은 물론이고, 문이 붙어 있던 창고 전면 벽, 그리고 문 앞에서 경계를 서고 있던 암살자까지 한 방에 날아가 버렸다.

여전히 무시무시한 위력이었다. 디나가 입을 쩍 벌렸다.

"우와……."

그러다 뭔가 깨달은 듯 알리타를 돌아보며 황급히 말했다.

"너무 폭발이 컸어요, 마스터! 놈들이 바로 알아차릴 거예요!"

그녀의 손을 잡아끌며 알리타가 고개를 끄덕였다.

"그러니까 빨리 도망쳐야지."

*　　　　*　　　　*

잘 자고 있던 갈가마귀단에 날벼락이 떨어졌다.

"뭐야?"

"기습인가?"

"모두들, 위치로!"

잘 훈련된 정예들답게 느닷없이 터진 일임에도 이내 정신을 차리고 무장을 갖춘다. 블랙 역시 재빨리 상황을 살폈다.

'이계구원자에게 꼬리를 밟힌 건가?'

다행히 그건 아니었다. 하지만 상황이 안 좋긴 마찬가지였다. 분명 완벽하게 제압했다고 생각한 알리타가 마법을 써서 탈출해 버린 것이다.

'어떻게? 마법을 쓰지 못하게 확실히 족쇄를 채웠는데? 혹시 따로 마도구를 숨기고 있었나? 아냐, 몸수색은 철저히 했어!'

머릿속이 혼란스럽다.

식은땀을 흘리면서도 블랙은 애써 냉정을 되찾았다.

경위야 어찌 되었든 간에 혼란에 빠져 있을 여유 따윈 없다. 어서 도로 붙잡아야 한다.

"쫓아라! 놓치면 끝장이다!"

암살자들이 사방으로 흩어져 산속의 어둠 속을 달려가기 시작했다.

＊　　　＊　　　＊

부풀기 시작하는 만월 전의 달밤.

달빛 아래 네 명의 사내가 빠르게 산길을 질주하고 있었다. 달아난 알리타와 디나를 뒤쫓는 갈가마귀단의 암살자들이었다.

한 치 앞을 구별하기 힘든 어두운 산속인데도 벌건 대낮처럼 자연스럽게 장애물을 피해 가공할 속도로 이동한다.

이들은 암살자이면서 동시에 소드하이어인 것이다. 전원 야명기로 시야를 확보하고 있었다.

달리던 암살자들 중 한 명이 걸음을 멈췄다. 예리한 눈으로 길가를 살피더니 그가 동료들을 불렀다.

"흔적을 찾았다."

다른 세 명도 바로 다가왔다. 마찬가지로 흔적을 살피며 말을 잇는다.

"제대로 길을 따라 내려갔군."

"영리한데?"

한밤중의 산속에서 도망칠 때, 추격을 피하겠다고 길이 아닌 숲으로 움직이는 것은 실로 어리석은 짓이다. 어차피 추적술을 제대로 익힌 이들 눈엔 길로 움직이나, 온갖 흔적 남기며 숲으로 움직이나 추격 난이도에서는 별 차이가 없다.

몰래 움직이겠다며 발 디디기도 힘든 지형을 힘겹게 지나가 봐야 이동속도만 떨어지는 것이다. 정말로 추격대에게 쫓길 땐 차라리 멀쩡한 길을 통해 거리를 벌리는 것이 훨씬 이득이었다.

"그럼 방향은……."

암살자 한 명이 흔적을 쫓아 시선을 옮길 때였다. 문득 그가 인상을 썼다.

'응?'

저만치서 인기척이 느껴지고 있었다. 작은 아이의 기운, 아무래도 디나라 불린 빨간 머리 소녀인 듯했다.

'그럼 알리타란 소녀는?'

경계하는 암살자의 머리 위, 아름드리 거목의 무성한 나뭇가지 사이로 두 개의 빛이 반짝였다. 먹이를 노리는 고양잇과 맹수처럼 섬뜩한 안광이었다.

"흡!"

짧은 호흡과 함께 검은 그림자가 나무에서 뛰어내려 암살자를 뒤덮었다.

검은 안개 사이로 피가 튀었다. 순식간에 암살자가 목에 구멍이 나 바닥을 뒹굴었다.

"숨어 있었나?"

당황하며 남은 암살자들이 단검을 꺼내 들고 반격에 나섰다. 저마다 잠형기를 발동해 몸을 숨기며 어둠을 미끄러진다.

하지만 어둠 속을 유영하는 것은 알리타도 마찬가지였다.

흐르는 그림자 너머로 검광이 번뜩였다. 암흑 속에서 몇 차례나 뇌전이 터졌다.

그럼에도 소리는 없었다. 마치 무성 영화를 보는 것처럼 고요한 전투만이 이어지고 있었다.

잠시 후, 칠흑이 세 구의 시체를 더 토해냈다.

"후우……."

가쁜 숨을 몰아쉬며 알리타가 잠형기를 해제했다. 디나가 뛰어오며 걱정스러운 듯 물었다.

"괜찮으세요?"

"응."

알리타는 태연하게 고개를 끄덕였다. 하지만 표정과 달리 그녀는 내심 당황하고 있었다.

예상했던 것보다 몸 상태가 너무 좋았다.

'어떻게 된 거지? 원래 마법을 쓰면 엄청나게 지쳤었는데? 게다가 마력도 상당히 많이 남았고…….'

그러고 보니 족쇄를 부수며 구사했던 아케인 스트라이크의 위력도 평소의 절반 이하였던 것 같다.

그토록 노력해도 안 되었던, 마력 일부만을 제어해 쏘는 데 성공한 것이다. 그러니 당연히 육체에 주는 부담감도 없을 수밖에.

'어째서?'

문득 알리타가 자신의 팔목을 바라보았다.

'혹시, 그 마법 족쇄 때문에?'

아니, 이런 거나 궁금해하고 있을 때가 아니다. 그녀는 디나에게 눈짓했다.

"움직이자."

"네, 마스터!"

지금은 이 자리를 벗어나는 것이 급선무였다.

＊　　　　＊　　　　＊

켈테론의 발 빠른 대응으로 납치범들의 행적이 어느 정도 파악되었다. 왕도 라텐셀 동쪽, 르자드 산 인근까지 범위가 좁혀졌다.

르자드 산의 일곱 개의 봉우리, 그 사이에 알리타와 디나를 납치한 자들이 있을 것이다.

"그래도 너무 넓은데……."

어둠이 깔린 산을 바라보며 성시한은 난감해했다. 곁에 서 있던 에세드가 말했다.

"그럼 인원을 나눠 수색에 들어가겠습니다, 시한 님."

"부탁한다."

시한의 말이 떨어지기 무섭게 에세드와 실피스, 우드로우와 비렛타가 움직였다. 창천기사단 역시 그 뒤를 따랐다.

3, 4인 정도가 한 팀으로 묶여 구역을 지정한 뒤 납치범들

의 흔적을 쫓는 것이었다. 발견 즉시 마법 조명을 쏘아 올려 신호를 보내기로 미리 약속이 되어 있었다.

모두가 떠나고 성시한과 제논만 남았다. 제논이 문득 물었다.

"수색 인원을 늘리면 더 빨리 찾을 수 있지 않았을까요?"

현재 추적대의 구성원은 창천기사단뿐이었다. 일반 병사들까지 동원하지는 않았다.

시한이 굳은 얼굴로 고개를 저었다.

"그럼 알리타와 디나가 너무 위험해져."

인원을 대거 동원해 산 전체를 샅샅이 뒤진다면 보다 빨리 알리타를 찾을 수는 있을 것이다. 하지만 그렇게 대대적으로 병력을 투입해 버리면 납치범들이 추적대의 존재를 바로 알아채게 된다.

무슨 길 잃은 마을 아이 찾는 것도 아니고, 횃불 들고 사방이 떠나가라 이름 외치며 산속을 뒤질 수는 없는 것이다.

"그렇군요."

시한의 설명에 제논도 납득했다. 그가 말했다.

"그럼 저희도 움직이죠."

"응."

시한은 신중히 발걸음을 옮겼다.

마음 같아선 광풍기라도 발동하고 빠르게 산속을 질주하고 싶다. 하지만 그런다고 숨은 놈들이 더 쉽게 찾아지는 것은 아니다. 오히려 못 보고 지나칠 가능성만 높아진다.

투기를 끌어 올리며 정신을 집중했다.

'기감 영역을 최대한 넓게 전개한다.'

성시한의 투기진, 극광은 전력을 다할 경우 최대 1km까지 펼치는 것이 가능하다. 이 말은 곧 기감 범위 역시 저것과 맞먹는다는 의미다. 느껴지지도 않는 거리까지 투기진을 펼칠 수는 없을 테니까.

집중력을 유지한 채 성시한은 산속으로 향했다. 제논도 그 뒤를 따랐다.

산길을 따라 이동한 지 십여 분 정도가 지났다. 여전히 주변에 아무것도 감지되지 않았다. 성시한의 기감 영역은 테라노어인이 보면 경악할 수준이었지만 이 넓은 산속에서 사람을 찾기엔 너무 좁았다.

'좀 더 범위를 넓힐 필요가 있어.'

시한의 등 뒤로 보이지 않는 투기의 다발이 펼쳐지기 시작했다.

투기가 올올히 풀려 산속 여기저기로 퍼져 나간다. 어찌나 긴지, 그 끝이 수백 미터 너머로까지 뻗어갈 정도다.

그 기운을 느낀 제논이 경악하며 입을 쩍 벌렸다.

"이런 것도 가능하십니까?"

존경스럽다는 눈빛으로 빤히 쳐다본다. 시한이 쓴웃음을 지었다.

 '사실은 너한테 배운 거거든?'

 이건 원래 제논이 무의식적으로 사용하던 투기의 실타래를 응용한 기술인 것이다.

 '하긴, 알려주지 않았으니 제논은 모르겠지만.'

 투기를 무의식적으로 운용하면, 그 사실을 자각할 경우 오히려 잘하던 것도 못하는 경우가 많다. 그래서 스스로 체득해 알아챌 때까지 일부러 비밀로 했다.

 어쨌거나 제논의 저 투기 실타래 운용법은 무신급인 성시한의 눈에도 실로 놀라운 것이었다. 그래서 틈나는 대로 연습했고, 결국 이처럼 비슷한 형태로 전개하는 데는 성공했다.

 하지만 차이점도 있었다.

 제논의 투기는 거미줄과 맞먹을 정도로 가느다란 것이었지만, 현재 시한의 투기는 족히 우동 면발 굵기였다.

 '후, 아무리 연습해도 그 정밀한 감각까지 흉내 내진 못하겠더라.'

 당연히 숨어 있는 상대를 파악하는 능력도 터득하지 못했다. 아주 미약한 생명기에만 닿아도 사그라질 만큼 희미한 투기의 실을 펼쳐야 하는데, 이건 실도 아니고 거의 밧줄 수준이다. 원래 목적인 은신 색출 면에선 완전히 실패한 셈이다.

그 대신 기대도 안 했던 다른 기능이 생겼다.

수백 미터 너머를 뻗어나간 투기의 줄이 저마다 진동해 사방에 미세한 파문을 퍼뜨린다. 그 투기의 파문이 한없이 겹치며 수 km 단위로 기감 영역을 펼친다. 그리고 그 모든 정보는 곧바로 성시한에게 전달된다.

이걸 전개하면, 안 그래도 광활한 기감 영역이 세 배 가까이 더 넓어지는 것이다!

'대신 정밀도가 세 배 가까이 떨어지지만.'

굉장히 모호한 느낌이지만 적어도 생물인지 무생물인지, 사람인지 짐승인지 정도는 구별이 된다. 사람을 찾는 데는 이 정도로도 충분하다.

시한은 계속 움직였다. 계속 정신을 집중해 주변을 살피고 또 살폈다.

'…알리타.'

초조하다.

최대한 침착하려 노력하고 있었지만 자기도 모르게 입안이 점점 마른다.

'제발 무사해라……'

*　　*　　*

시프 퀸 레비나의 고유 투기술, 잠형기.

다른 혁명 6영웅의 투기술과 마찬가지로 시프 퀸의 잠형기 역시 고도의 재능을 요구하며, 극히 제한된 인원만이 터득이 가능한 기술이다.

갈가마귀단의 암살자들은 전원 잠형기를 터득하고 있었다. 하지만 이들이 하나같이 뛰어난 천재란 소리는 아니었다.

이들이 익힌 것은 레비나가 완성시키기 이전의, 테라노어의 도적들 사이에서 은밀히 전해져 오던 구형(舊形) 잠형기였다.

처음부터 고난도였던 젝센가드의 폭렬기나 테오란트의 뇌신기 등과 달리, 잠형기는 전통적인 운용법을 레비나가 고유 투기술로 진화시킨 방식이었다. 심화가 지독히 어려울 뿐이지, 입문은 그렇게까지 까다롭지 않다.

잠형기를 전개한 채 세 명의 암살자가 좌우로 포진을 펼쳤다. 중앙에 갇힌 알리타가 옆으로 미끄러지며 몸을 숙였다.

미끄러지는 동작이 그대로 투기의 흐름으로 이어지며, 마치 허공에 녹아들듯 그림자 속으로 모습을 감춘다.

검은 음영이 대지를 타고 흐르며 세 암살자들에게 쇄도했다. 어둠의 칼날이 서로 충돌했다. 암살자들이 신음을 흘렸다.

"크윽!"

"어떻게 저 소녀가……."

"심화된 잠형기를 익히고 있는 거지?"

고작해야 십 대 소녀였다. 기사급 소드하이어란 건 알고 있었지만 어디까지나 약발(?)로 인한 경지라고만 여겼다. 이 계구원자쯤 되면 자기 여자에게 온갖 지원을 다 해주었을 테니까(솔직히 틀린 추측도 아니었다).

투기량은 높아도 경험이 일천할 테니 투사급 암살자 서너 명이 몰아붙이면 충분히 제압할 수 있을 줄 알았다. 그러나 현실은 예상과 너무 달랐다.

"타앗!"

암흑 속을 유영하며 알리타가 기합을 토했다. 예리한 단검이 투기를 실어 휘둘러졌다. 쓰러뜨린 다른 암살자에게서 빼앗은 단검이었다.

한 호흡에 상대의 품으로 파고들며 깊숙이 올려 벤다. 식은 땀을 흘리며 암살자가 투기검을 마주 내리긋는다.

단검과 단검이 허공에서 충돌하려는 순간, 그녀의 전신이 검은 기류가 되어 좌측으로 흘러내렸다.

자연스럽게 궤도를 바꾼 참격이 암살자의 쇄골을 깊숙이 찔러갔다. 피와 비명이 동시에 터졌다.

"크억!"

남은 두 암살자들이 알리타의 배후를 노렸다. 동료의 죽음에도 당황하지 않고, 오히려 그것을 기회로 삼아 예리한 일격을 시도한다.

그녀는 당황하지 않았다. 상대의 역공은 이미 예상하고 있었다.

'카렌 언니랑 자주 대련해서 다행이지.'

암살자라고 칭하곤 있지만, 사실 갈가마귀단의 주 업무는 암살보다는 납치, 정보 수집, 잠입, 물건 강탈 쪽이다. 실제론 도적에 가까운 것이다. 도적이라고 하면 좀 없어 보이니까 암살자라고 명명한 것뿐이지.

이들의 검술 역시 테라노어 도적들이 주로 쓰는 단검술이다. 그리고 단검술은 맨손 체술과 일맥상통하는 부분이 많다.

맨손 체술에 있어선 테라노어 최고수인 카렌에게서 직접 가르침을 받은 알리타였다. 그 경험은 암살자들을 상대하는 지금도 유감없이 발휘되고 있었다.

"잠형기, 참영(斬影)!"

손에 쥔 단검에 투기를 불어넣으며 자세를 최대한 낮춘다. 거의 지면을 기다시피 그림자 위를 미끄러져 등 뒤의 공격을 피해낸다. 동시에 몸을 틀며 허공으로 튕겨 오른다.

쇄도한 두 검은 기류 위로 그림자가 길게 드리웠다.

암살자들의 안색이 창백해졌다.

"헉?"

"아차!"

실수를 알아챘을 때는 이미 늦었다. 어느새 알리타의 단검이 두 사내의 목을 차례로 따버린 후였다.

"크, 크어어……."

경동맥이 끊어져 핏물을 뿜어냈다. 신음을 흘리며 암살자들이 서서히 쓰러졌다.

"헉, 헉헉……."

알리타는 숨을 헐떡였다. 쉽사리 해치운 것처럼 보이지만, 생사가 걸린 혈투인 만큼 그녀의 심력 역시 상당히 소모된 후였다.

숨어 있던 디나가 달려와 뭔가를 건넸다. 근처 굴트 나무에서 딴 새순이었다.

"마스터, 이거라도……."

알리타는 새순을 입에 넣고 씹었다. 알싸한 쓴맛과 함께 물기가 메마른 입안을 촉촉이 적셨다. 봄철의 굴트 나무는 새순에 수분을 많이 함유하고 있어 갈증 해소에 제법 도움이 된다.

"고마워, 좀 살 것 같네."

그녀는 한숨 돌리며 디나를 재촉했다.

"가자."

언제 추적자가 따라붙을지 모른다. 어서 움직여야 한다.

막 두 소녀가 걸음을 옮기려는 찰나였다. 산길 아래쪽으로 시선을 돌린 알리타가 일순 굳었다.

검은 머리의 사내가 길 한가운데 서서 이쪽을 노려보고 있었다. 당황한 두 소녀와 쓰러진 암살자들을 번갈아 보며 고개를 절레절레 젓는다.

"정말 놀랍군, 우리 애들도 절대 약하지 않은데……."

갈가마귀단의 단장, 블랙이었다. 그새 따라잡힌 것이다.

'쳇!'

속으로 혀를 차며 알리타는 전투 자세를 잡았다. 그리고 디나에게 속삭였다.

'먼저 이 자리를 벗어나, 디나.'

'네? 하지만 마스터를 두고 어찌 저 혼자…….'

대꾸하다 말고 디나는 머뭇거렸다.

그녀는 바보가 아니었다. 지금 자신이 이 자리에 있어봐야 아무런 도움이 안 된다는 것쯤은 잘 알고 있었다. 실제로 알리타가 붙잡힌 것도 그녀가 인질이 되었기 때문이 아닌가?

바로 판단을 내리고 몸을 돌린다.

"도움을 청하겠습니다. 부디 조심하세요, 마스터!"

블랙에게서 눈을 떼지 않은 채 알리타가 소리쳤다.

"어서 가!"

"네!"

디나가 산길 반대쪽으로 뛰기 시작했다.

블랙은 신경 쓰지 않았다. 다나가 도망가든 말든 그의 시선은 오직 알리타에게만 고정되어 있었다.

"어차피 중요한 인질은 하나뿐이니까."

중얼거리며 블랙이 두 자루 단검을 꺼내 양손에 쥐었다. 그리고 투기를 끌어 올렸다. 검은 기류가 그의 전신을 휘감았다.

그 기운은 확실히 다른 암살자들의 것과 달랐다. 훨씬 차분하고 흔들림이 없다. 현재 알리타를 감싸고 있는 투기와 흡사하다.

'시프 퀸의 잠형기!'

알리타도 투기를 전신에 휘감았다. 그 광경을 보며 블랙은 웃었다.

'역시⋯⋯.'

저 백금발의 소녀가 심화된 잠형기를 익히고 있다는 사실은 별로 놀랄 것이 아니었다.

이계구원자 역시 시프퀸의 잠형기를 완벽하게 터득한 이였다. 그런 성시한이 자기 '애인'에게 구형 잠형기를 가르쳐 줬을 리는 없겠지.

양손의 단검을 늘어뜨리며 블랙이 자세를 취했다.

"인정하지, 아가씨. 당신은 강해."

갈가마귀단의 암살자들은 하나같이 십여 년 이상 수행한 베테랑들이었다. 그런 이들이 아직 스물도 되지 못한 어린 소녀에게 줄줄이 죽어갔다.

강하다. 무술적 기량도 기량이지만, 전투에 임하는 마음가짐과 정신력도 결코 십 대 나이에게서 볼 수 있는 수준이 아니다.

그럼에도 블랙은 긴장하지 않았다.

"하지만 그래봤자 기사급."

그가 걸친 검은 가죽 갑옷, 그것이 투기를 머금어 빳빳하게 변해갔다. 강철 같은 기운이 부드러운 갑옷의 표면을 타고 흘렀다.

그것이 끝이 아니다. 늘어뜨린 단검, 두 자루 칼날로부터 아지랑이 같은 투기가 뿜어져 나오기 시작한다.

차가운 목소리가 밤하늘을 울렸다.

"…달인급 소드하이어의 상대는 되지 못한다."

알리타의 안색이 창백해졌다.

*   *   *

다나는 정신없이 달렸다.

비록 어린 소녀의 몸이지만 그녀는 종자급 소드하이어였다. 투기로 신체를 강화해 일반인보다 월등히 뛰어난 육체와 감각을 지니고 있다.

그 모든 힘을 오직 달리는 데만 집중한다. 한시라도 빨리

이 산을 벗어나 도움을 청하기 위해 전력을 다한다.

'무사하세요, 마스터!'

산길은 가파르고 어두웠다. 도저히 달리기 쉬운 지형이 아니었다.

디나는 몇 번이나 넘어지고 또 넘어졌다. 전신에 자잘한 찰과상이 늘었다. 하지만 결코 멈추지 않았다.

한참을 달리던 중이었다.

문득 그녀의 균형이 깨졌다. 발밑을 미처 파악하지 못해 가파른 능선 쪽으로 미끄러진 것이다.

'아차!'

디나는 기겁하며 몸을 틀었다. 하지만 너무 늦었다.

어느새 몸이 허공에 붕 떠 있었다. 남은 건 추락뿐. 디나는 허겁지겁 두 팔로 머리를 감쌌다. 추락할 때 하더라도 달리지 못할 정도의 부상은 피해야 했다.

이내 낙하감이 전신을 지배했다. 그녀는 이를 악물며 이어질 고통에 대비했다.

'윽!'

낙하감이 사라졌다. 하지만 통증은 없었다.

"……?"

디나는 의아해하며 눈을 떴다. 그리고 멍하니 입을 벌렸다.

자신은 허공에 떠 있었다.

천천히, 아주 천천히 바닥으로 착지한다. 어린 소녀의 육신이 사뿐히 대지에 안착한다.

디나는 상황을 알아차렸다. 누군가가 투기염동으로 그녀를 받쳐주고 있었다.

이내 목소리가 들렸다.

초조하기 그지없는 목소리가.

"디나!"

어느새 눈앞에 흑발의 청년이 나타나 그녀를 내려다본다.

"알리타는? 알리타는 어떻게 됐지?"

"시한 님!"

디나가 울상을 지으며 소리쳤다.

"지, 저쪽이에요! 지금 마스터께선 혼자서……."

성시한이 그녀의 말을 끊었다.

"방향! 거리!"

정신이 번쩍 들었다. 지금은 울상이나 짓고 있을 때가 아니다.

"방향은 이쪽이고, 거리는……."

디나는 자신이 뛰어온 쪽을 가리키며 애써 침착하게 생각했다.

'내가 대체 얼마나 뛰어왔더라?'

시한은 대답을 기다리지 않았다.

"이쪽이란 말이지?"

순식간에 그의 모습이 눈앞에서 사라져 버렸다. 힘이 빠진 디나는 제자리에 주저앉았다.

*　　　*　　　*

알리타가 날카로운 외침을 터뜨리며 잠형기를 전신에 둘렀다.

"순순히 잡힐 줄 알고!"

그녀는 발치의 어둠 속으로 녹아들며 모습을 감췄다. 동시에 그림자가 길게 뻗어 나가 블랙을 노렸다.

블랙은 다가오는 그림자를 무시했다. 그냥 두 발로 짓밟으며 몸을 날린다.

"흥!"

짓밟힌 어둠이 사방으로 흩어졌다. 그 속에 소녀의 모습은 없었다.

알리타는 이미 길옆의 울창한 수림 사이로 이동한 후였다. 공격하는 척하면서 사실은 뒤로 몸을 빼낸 것이다.

"그래봤자 진정한 암살자의 눈을 속이진 못한다."

순식간에 블랙이 알리타를 따라잡았다. 나무와 나무 사이, 짙은 암흑 속을 유유히 흘러들어 가며 그녀의 뒤를 잡는다.

알리타가 미간을 찌푸렸다.

'역시 안 속나?'

블랙의 투기검이 어둠을 가르며 뻗어왔다. 그녀도 바로 맞섰다. 잠형기가 깃든 칼날이 연신 대기를 갈랐다. 하지만 목표를 맞히진 못했다.

양쪽 다 절묘한 몸놀림으로 공격을 피하며 반격을 날린다. 복잡한 수 싸움이 이어진다. 두 줄기의 그림자가 가파른 산속을 질주하며 연신 부딪치고 떨어지길 반복한다.

블랙은 내심 놀랐다.

'이거, 보통 솜씨가 아닌데?'

더 이상 얕잡아 볼 마음은 들지 않았다. 직접 상대해 보니 어째서 부하들이 그렇게 맥없이 당했는지 이해가 갔다.

투기의 운용은 노련하고, 전투에 임하는 마음가짐은 냉철하며, 잠형기의 숙련도도 매우 높다. 그렇기에 어린 나이임에도 경지 이상의 실력을 발휘하고 있다.

고작해야 십 대 소녀가 지닐 수 있는 기량이 아니었다. 이건 단순히 재능만으로 설명이 되질 않았다.

'아니, 얘는 평생 숨어만 살았나? 어떻게 이렇게까지 잠형기와 궁합이 좋은 거지?'

본의 아니게 정답을 맞혀 버린 셈이지만, 지금의 블랙이 거기까지 알 리는 없었다. 경각심을 느끼며 그는 한층 신중히 검을 뺐었다.

'잠형기, 암류.'

어둠의 칼날이 어지럽게 춤추며 알리타의 사방을 덮쳐온다. 그녀가 몸을 날렸다.

"타앗!"

아슬아슬하게 블랙의 투기검이 그녀를 비껴 나갔다. 나무 위로 올라 그녀는 블랙과 거리를 벌리려 했다. 하지만 어느새 그는 알리타의 뒤에 서 있었다.

"이 정도로 도망칠 수 있을 것 같나?"

당황한 알리타의 등 뒤로 싸늘한 예기가 덮쳐왔다.

"아차!"

그녀는 황급히 잠형기를 조작해 전신을 감쌌다. 소녀의 모습이 나뭇가지 사이의 어둠 속으로 녹아들었다.

블랙은 어둠 속을 쫓아가지 않았다. 오히려 아무도 없는 허공에 칼질을 했다.

"홉!"

투기검이 허공을 갈랐다. 어둠이 갈라지며 알리타의 어깨가 드러났다. 옷과 피부가 동시에 찢어지며 피가 솟았다.

"크윽!"

비틀거리며 그녀는 가지 위를 주춤주춤 물러섰다. 걸음을 옮기며 블랙이 고개를 저었다.

"같은 잠형기 사용자끼리는 눈속임이 통하지 않지."

잠형기로 어둠을 조작하면 마치 그림자 속으로 스며드는 듯한 연출이 가능하다. 하지만 그건 어디까지나 시야의 입체감을 지우는 것이지, 정말로 땅속에 퐁당 빠지는 건 아닌 것이다.

보이지 않고, 느껴지지 않지만 여전히 그 자리에 있다. 그것이 잠형기의 실체다.

그리고 블랙은 평생 잠형기를 갈고닦은 몸이었다.

"실력은 놀랍다만, 아직 내 상대는 아니다."

그는 중얼거리며 눈앞의 소녀를 몰아붙였다.

검은 기류가 사방을 스치고 흘러간다. 점점 알리타의 움직임이 제한된다.

그녀는 정신없이 맞서 싸우며 식은땀을 흘렸다. 역시 상대는 자신보다 월등히 위였다.

'움직임이 전부 읽히고 있어……'

소드하이어의 경지도 앞서는 데다 잠형기 역시 몇 배나 능숙하다. 분명 블랙은 알리타의 실력에 감탄했지만, 그건 어디까지나 나이에 비해서일 뿐이다.

시간이 지날수록 그녀는 점점 밀렸다. 그나마 쓰러지지 않은 이유는 블랙이 알리타를 최대한 몸 성히 붙잡으려 했기 때문이었다.

'흉터 심하게 남았다가 인질로서의 가치가 없어지면 곤란

하지.'

그래서 일부러 어깨나 허벅지, 팔뚝 쪽을 주로 노리고 있었다.

알리타는 애써 공격을 피하며 이를 악물었다. 이대로라면 도저히 몸을 빼낼 수 없었다.

'그렇다면……'

갑자기 그녀가 블랙을 향해 정면으로 몸을 날렸다.

투기검을 사선으로 내리그으며 상대의 좌반신을 베어간다.

물론 블랙은 당황하지 않았다.

자연스럽게 좌수의 단검으로 상체를 방어하며 동시에 우수를 뻗는다. 단검에 깃든 투기가 알리타의 어깨로 향한다.

그때였다. 알리타가 목을 돌리며 어깨를 뒤로 틀었다. 블랙의 투기검이 어깨 대신 그녀의 뺨으로 향했다.

움직임에 영향을 주는 어깨 부상 대신 단순한 피륙의 상처를 택한 것이다. 물론 여자의 얼굴에 길게 칼자국이 남는 게 어찌 단순한 피륙의 상처일 뿐이겠냐만은……

"타앗!"

지금의 그녀는 전사였다. 목숨이 걸린 와중에 얼굴의 흉터 따위에 연연하진 않는다!

반면 블랙은 기겁했다. 이계구원자의 여자에게 함부로 흠집이라도 냈다가 무슨 봉변을 당하라고?

잽싸게 검을 거뒀다. 동시에 알리타의 투기검이 그의 왼쪽 어깨를 찔렀다. 피가 흐르며 블랙이 주춤주춤 뒤로 물러섰다.

"크윽!"

그는 신음하며 재빨리 투기로 상처를 지혈했다. 하지만 왼손이 움직이지 않았다.

'제대로 당했군.'

블랙은 눈앞의 소녀를 노려보았다. 과격한 움직임 탓인지, 그녀는 거친 숨을 몰아쉬고 있었다.

'훌륭한데.'

분노보다는 오히려 감탄이 앞선다.

"외모보다 승리를 우선시한 건가? 그대 같은 미녀에게서는 보기 힘든 마음가짐이군."

"꼭 그런 건 아니고……."

희미하게 웃으며 알리타가 대꾸했다.

"친하게 지내는 언니 중에 달의 교황님이 계시거든요? 어지간한 흉터 정도는 지워줄 거라 생각했어요."

블랙은 더더욱 감탄했다. 이 긴박한 상황 속에서 저기까지 생각했다면 더 대단한 일이다. 저 나이에 저토록 침착하고 냉정하다니?

"아깝군. 좋게 만났다면 당장 후계자로 키웠을 텐데. 그대는 정말 굉장한 암살자가 될 수 있었을 거야."

알리타가 어처구니없어 하며 대꾸했다.

"암살자의 후계자 따위 별로 되고 싶지도 않거든요?"

"그래서 아깝다고."

그는 고개를 저으며 쓴웃음을 지었다. 암살자가 무슨 전도 유망한 직업도 아니고, 무엇보다 천하의 이계구원자가 뒤에 있는데 자신이 유혹해 봤자 먹힐 리 없겠지.

블랙이 왼팔을 늘어뜨린 채 오른손의 단검을 알리타에게 겨눴다.

"할 수 없지. 내 임무만을 충실히 이행할 수밖에."

알리타도 재차 자세를 잡았다.

운 좋게 상대의 팔 하나를 무력화시켰다. 조금은 희망이 생겼다.

"쉽지 않을 거예요."

*　　　*　　　*

어둠이 두 사람을 뒤덮었다. 두 개의 그림자가 대지를 타고 흐르며 뒤섞여 춤추기 시작했다.

알리타는 공방을 주고받으며 치열하게 싸웠다. 그녀의 투기 검이 스칠 때마다 블랙의 가죽 갑옷 위로 뇌전이 튀었다.

하지만 치명상을 입히진 못했다.

달인급 소드하이어인 블랙은 가죽 갑옷 전체에 강력한 방어 투기를 두르고 있었다. 검을 내리쳐도 베이진 않고, 그저 투기에 의한 타격을 입히는 게 전부였다.

그녀의 안색이 점점 어두워졌다.

'제길, 역시 기량 차이가 너무 심해……'

블랙도 비슷했다. 마찬가지로 치명상을 입히지 않는다. 하지만 알리타와는 상황이 달랐다.

알리타는 치명상을 입히지 '못하는' 것이지만, 블랙은 그저 입히지 '않을' 뿐이었다. 일부러 검에 의한 공격은 제한하고 타격 위주로 전투를 풀어가는 것이다.

"비록 왼팔을 못 쓰게 됐지만……."

블랙이 알리타의 어둠 속으로 파고들었다. 그녀의 반격을 단검으로 걷어내면서, 그대로 팔을 접어 팔꿈치로 명치를 가격한다.

"운 좋게도 난 오른손잡이라서 말이지."

"크윽!"

아찔한 통증이 척추를 타고 올랐다. 알리타가 신음을 흘리며 뒷걸음질을 쳤다.

블랙은 그녀가 도망치도록 놓아주지 않았다. 철저히 따라잡으며 정밀한 공격을 이어갔다.

어깨, 팔뚝, 정강이, 허벅지.

비교적 덜 중요한 부분은 가차 없이 투기검으로 베어가며 출혈로 인한 피로를 유도한다.

명치, 목덜미, 등, 복부.

중요한 신체 급소는 차근차근 타격을 가하며 충격을 쌓아 간다.

"헉, 헉헉……."

시간이 흐르면 흐를수록 알리타의 호흡은 가빠졌다. 스피드도 반응 속도도 기하급수적으로 떨어지고 있었다.

블랙이 지친 알리타를 향해 차가운 비웃음을 흘렸다.

"왼팔을 못 쓰게 만든 정도로 승산이 있다고 여겼나?"

섬전 같은 발차기가 알리타의 복부를 올려 찼다.

"그럼 큰 오산이다."

걷어차인 알리타가 그림자 밖으로 튕겨져 나갔다. 워낙 강렬하게 얻어맞은 탓에 잠형기가 해제된 것이다.

"아, 아윽……."

그녀는 꺽꺽대며 바닥을 나뒹굴었다. 쓰러진 알리타를 향해 걸어오며 블랙이 중얼거렸다.

"그나저나, 잡아가는 것도 일이군."

투기와 마력을 억제하는 구속구가 없으니, 일단 기절시킨 다음 따로 구속할 방법을 찾아야 했다.

다행히 잠형기에는 상대의 의식을 제어하는 수법도 있었다.

투기의 소모가 너무 커서 잘 사용하는 방법은 아니었지만……

"할 수 없지, 달리 방법이 없으니."

블랙은 투덜거리며 단검을 알리타에게 겨누었다. 일렁이는 투기가 그녀를 향해 뻗어갔다.

그 순간, 알리타가 오른손을 뻗어 블랙을 가리켰다.

"작렬하는 섬광……"

이 순간만을 기다리고 있었다.

상대가 방심한 채 피할 수 없는 거리까지 다가오는 이 순간을!

"아케인 스트라이크!"

눈부신 섬광이 블랙을 노리고 날아들었다. 빛이 어둠을 밝히며 폭발이 일어났다.

콰콰쾅!

흐릿한 흙먼지 사이로 뭔가가 보였다. 팔이 등 뒤로 꺾인 채 블랙의 무릎 밑에 깔려 있는 알리타였다.

"으윽!"

그 찰나의 순간, 블랙이 알리타의 마법을 피해 그녀를 제압한 것이었다. 미리 대비하고 있지 않았다면 결코 나올 수 없는 반응이었다.

"노림수는 나쁘지 않았다만, 나도 정보 수집을 게을리하지 않아서 말이야."

블랙이 알리타의 오른팔을 등 뒤로 잡아당기며 비릿한 웃음을 흘렸다.

"그대가 마기언이란 것쯤은 알고 있었지. 그것도 한 방밖에 못 쏘는 마기언이라던가?"

이미 그 한 방을 날려 버렸으니 더 이상 숨겨둔 밑천 따윈 없다. 블랙이 허리를 숙여 알리타의 귓가에 입을 가져갔다.

"자, 이제 그만 귀찮게 하고 얌전히 기절해 주실까?"

문득 블랙은 의아해했다. 무릎 밑에 깔린 알리타가 키득거리고 있었다.

"왜 웃지?"

미소를 머금은 채 그녀가 물었다.

"저기요, 이상하지 않아요?"

완전히 제압당해 더러운 땅바닥에 얼굴이 처박힌 상태인데도 유쾌하다는 표정을 지우질 않는다.

"나, 한 방밖에 못 쏘는 마기언이라면서요? 그런데 벌써 두 방이나 쐈는데요?"

블랙은 당황했다. 생각해 보니 그녀의 말이 옳았다.

알리타는 탈출할 때 이미 마법을 구사했다. 정보대로라면 그 이후엔 마법을 못 써야 정상이다.

하지만 방금 전 분명히 블랙을 노리고 두 번째 아케인 스트라이크를 날렸다…….

"두 방을 쏠 수 있는데, 세 방은 못 쏘겠어요?"

알리타가 손가락을 까닥거렸다. 블랙의 등줄기에 냉기가 스쳐 지나갔다.

지금 그는 알리타의 오른팔을 꺾어 당기고 있었다. 그 말은 곧, 그녀의 손바닥이 정확하게 블랙의 몸통과 맞닿아 있다는 소리다.

조금 전 그 가공할 위력의 마법을 발동했던 바로 그 오른손이!

'헉!'

그는 기겁하며 알리타의 손을 놓고 최대한 몸을 옆으로 틀었다. 모든 신경이 저 새하얀 손바닥에 집중되었다.

바로 그 순간이었다.

날카로운 칼날이 블랙의 심장을 후벼 팠다. 알리타의 왼손에 쥐어진 단검의 칼날이었다.

"……!"

자신의 심장에 틀어박힌 칼날을 내려다보며 그는 불신의 표정을 지었다. 알리타가 지친 얼굴로 몸을 일으켰다.

"미안, 거짓말했어요."

단검에서 손을 떼고 거리를 벌리며 씁쓸해하는 목소리로 말을 잇는다.

"제가 쓸 수 있는 마법은 아까가 마지막이었어요. 세 방은 못 쏴요."

창고에서 탈출할 때는 마법 족쇄 덕분에 마력의 일부만을 소모할 수 있었다. 그리고 그 족쇄는 이미 박살 났다. 더 이상 마력을 제어해 사용할 방법이 없는 것이다.

실은 이미 서 있기도 힘들 정도로 탈진한 상태였다.

"하, 하하……."

죽어가던 블랙이 헛웃음을 흘렸다. 산전수전 다 겪은 자신이 저런 공갈에 넘어갈 줄이야…….

"진짜 아깝군. 아가씨는 정말 최고의 암살자가 될 수 있었을 거야……."

마지막 말을 내뱉은 블랙의 눈동자에서 빛이 사라졌다. 생기를 잃은 육체가 힘없이 대지를 나뒹굴었다.

그제야 알리타는 제자리에 주저앉았다.

"아야야야……."

조금 전까진 근성으로 버텼지만, 역시 전신에 힘이 하나도 없었다. 흠씬 두들겨 맞은 것처럼 온몸이 아프다.

그래도 이겼다. 무려 달인급 소드하이어를.

"헤헤헤……."

그녀는 주저앉아 실없는 웃음을 흘렸다. 그러다가 문득 고개를 갸웃거렸다.

'어머?'

저 멀리, 익숙한 목소리가 들리고 있었다.

"…알리타!"

＊　　　　＊　　　　＊

푸른 섬광이 유성처럼 밤하늘을 가른다. 순식간에 수십 미터의 거리를 좁히며 날아들어 주저앉은 소녀의 앞을 가로막는다.

"이 개자식들!"

시한은 흥분한 얼굴로 디재스터를 뽑아 들었다. 격한 분노가 푸른 투기가 되어 그의 전신을 휘감았다. 자욱한 살기가 안개처럼 사방으로 퍼져 나갔다.

단 하나의 확고한 의지를 담아 두 눈이 이글이글 타오른다.

모조리 죽여 버리겠다!

"이미 다 죽었거든요?"

알리타는 실소를 흘렸다. 그제야 정신이 든 시한이 주위를 둘러보았다.

"엉?"

흥분을 가라앉히니 주변 경관이 눈에 들어왔다. 여기저기 시체가 널브러져 있었다. 달리 살아 있는 자들은 없었다.

"그, 그렇네?"

성시한이 머쓱해하며 살기를 거뒀다. 그녀는 어이가 없어 고개를 저었다.

'아니, 그렇게 기감이 예민하면서 왜 저 난리래? 어차피 멀리서 상황 파악 다 했을 거면서.'

알리타가 비틀거리며 몸을 일으켰다. 시한이 황급히 그녀를 부축했다.

"괜찮아? 다친 데 없고?"

"지치긴 했지만, 큰 부상은 없어요."

별거 아니란 듯 알리타는 손을 내저었다. 하지만 성시한은 걱정스러운 표정을 거두지 않았다.

여전히 심각한 얼굴로 그녀의 전신을 이리저리 살핀다. 다행히 우려했던 상황은 생기지 않은 것 같다.

그제야 그는 마음을 놓았다.

"휴우……."

땅이 꺼져라 안도의 한숨을 내쉬는 시한을 보며 알리타가 살짝 웃었다.

"아이참, 걱정 마요."

왜 저리 걱정하는지는 알겠는데, 너무 호들갑 떠는 거 아냐?

"보시다시피 제 심장은 멀쩡해요. 시한이 강제 귀가 당할 일은 없어요."

알리타는 가슴에 손을 얹으며 그를 안심시켰다. 그러자 성시한이 눈을 동그랗게 떴다.

"응? 강제 귀가라니?"

"네?"

알리타도 멍한 표정을 지었다. 보아하니 시한은 그녀가 무슨 소릴 하는지 이해하지 못한 것 같았다.

잠시 후에야 겨우 알아들었는지 고개를 끄덕인다.

"아 참, 그렇지……."

알리타의 눈매가 가늘어졌다.

그러니까, 지금껏 테라노어에서 추방되는 일은 전혀 생각도 안 하고 있었다 이거지?

"흐음?"

알리타는 묘한 미소과 함께 눈앞의 청년을 빤히 바라보았다. 시한의 얼굴이 살짝 붉어졌다.

"…왜?"

소녀의 미소가 짙어졌다.

"헤헤."

청년의 홍조도 더욱 짙어졌다.

"뭐야, 왜 그렇게 웃는 건데?"

"에헤헤……."

알리타는 배실배실 웃었다. 시한은 멋쩍어하며 그녀의 눈빛을 피했다. 애써 태연한 척하려고는 하는데, 누가 봐도 부끄러

위하는 기색이 완연하다.

그녀가 시한의 허리를 감싸 안으며 나직하게 속삭였다.

"구하러 와줘서 고마워요."

소녀의 등을 토닥이며 그가 어색하게 답했다.

"별로 내가 구해준 것도 아닌데, 뭘. 알리타가 알아서 잘했 잖아."

알리타는 고개를 저었다.

'그게 아니라……'

케란의 죽음 이후론 처음인 것 같다. 누군가가, 아무런 이 유 없이, 어떤 이해득실도 따지지 않고, 그저 순수하게 그녀 자신을 걱정해 주는 일은.

다정한 목소리가 성시한의 귓가를 간질였다.

"고마워요. 내 심장이 아니라, 나를 구하러 와줘서."

노을처럼 붉게 물든 얼굴로, 그는 하염없이 딴청만 피우고 있었다.

"어, 어쨌든 무사해서 다행이야."

Chapter 5

진군

짙은 어둠이 깔린 감옥에 이십여 명의 사내가 결박되어 있었다. 얼마 전 붙잡힌 다크 섀도우에, 추가로 사로잡힌 갈가마귀단의 생존자들까지 합친 숫자였다.

　결국 갈가마귀단은 창천기사단의 손아귀를 벗어날 수 없었다. 나름대로 발버둥은 쳤지만 한 명도 빠져나가지 못한 채 죽거나 사로잡혀 버렸다.

　평소 갈가마귀단에게 그토록 무시받고 살던 다크 섀도우 입장에선 참으로 미묘한 기분이었다.

　"뭐야?"

"저 인간들도 붙잡힌 거야?"

"그렇게 잘난 척이란 잘난 척은 다 하더니……."

"지들도 별수 없구만?"

갈가마귀단 입장에선 억울할 수밖에 없었다. 자신들이 잡힌 이유는 결코 무능해서가 아닌 것이다.

대장인 블랙은 추가 지령도 없이 죽어버렸지, 상황에 대한 지침도 따로 없었지, 아무런 원군도 없이 적지에 고립되어 포위당했지, 심지어 상대는 이계구원자가 직접 이끄는 대륙 최강의 창천기사단이었다.

이런 최악의 상황에서 그나마 목숨이라도 건졌다는 게 대단한 것 아닌가!?

그런 갈가마귀단의 항변을 다크 새도우는 비웃음으로 돌려주었다.

"그러니까, 댁들 말은……."

"이계구원자가 전쟁조차 일부러 미뤄가면서……."

"창천기사단까지 동원해서 당신들을 붙잡았다, 이 말이오?"

"댁들이 뭐라고 저쪽이 그렇게까지 하는 건데?"

"혹시 갈가마귀단에 부활한 광제라도 숨어 있었나? 풉!"

아무리 아끼는 여자라 해도 그렇지, 고작 소녀 한 명 납치했다고 저렇게까지 나온다는 건 이해하기 힘들다. 혁명전쟁 시절에도 이계구원자가 사적으로 군대를 운용하는 일은 없었다.

팔로스 왕국에서 이 소식을 접한 레비나 역시 당황하긴 마찬가지였다.

"시한이 직접 나선 것도 모자라서, 출정 준비가 끝난 창천 기사단까지 일부러 빼내 전원 투입시켰다고?"

어디까지나 보험 삼아 내린 명령이었다. 블랙이나 갈가마귀 단의 역량상, 그들이 실패한다 해도 제 한 몸 빼내는 것 정도 는 문제없을 거라 여겼다.

"설마 이렇게까지 격하게 나올 줄은 예상하지 못했는 데……"

덕분에 블랙이 죽었고, 갈가마귀단도 통째로 와해되었다. 피해가 막심하다.

하지만 레비나는 이내 침착해졌다. 처음엔 좀 당황했지만 생각해 보면 성시한의 약점을 제대로 확인한 셈도 된다.

"그 여자애 이름이 뭐였지, 베르패스?"

이제까진 크게 관심이 없어 그새 이름을 잊어버린 것이다.

베르패스가 서류를 살펴보며 대꾸했다.

"알리타 렐칸이라고 하는군요."

*　　　*　　　*

열흘 뒤로 내정되어 있던 삼국동맹군의 출정은 대폭 연기되었다.

일단 다크 섀도우 때문에 사흘이 밀렸고, 거기에 알리타의 구출을 위해 전투 편제를 끝마친 창천기사단을 도로 동원하느라 또 사흘이 밀렸다.

덕분에 팔로스 왕국군의 방어선이 완성되어 버렸다. 삼국동맹군 입장에선 꽤나 아쉬운 일이었다.

그렇다고 팔로스 왕국이 딱히 유리해진 것도 없었다. 삼국동맹군의 출정을 일주일 가까이 지연시킨 대가로 블랙과 갈가마귀단을 잃었으니까.

결과적으로 양쪽 모두 별 이득 없이 소동만 벌인 셈이었다.

반면, 저 암살자 소동으로 인해 득을 본 이도 있었다.

팔로스 왕국과 인접한 라텐베르크 왕국의 동부 국경 요새, 크림록.

성시한과 알리타, 제논은 요새 식당에 모여 점심을 먹는 중이었다. 메뉴는 삶은 달걀에 흑빵과 베이컨, 그리고 야채 절임. 현대의 한국인이 보기엔 굉장히 수수한 상차림이겠지만 테라노어 문명 수준에선 신선한 계란 자체가 이미 상당한 사치다. 성시한쯤 되는 위치니까 이런 식사가 가능한 것이다.

식사 중이던 시한이 문득 생각났다는 듯 품을 뒤져 뭔가를 건넸다.

"아, 맞다. 알리타, 이거."

은빛 고리 위로 여섯 개의 작은 구슬이 순서대로 박혀 있는 금속 팔찌였다. 그녀가 물었다.

"뭐예요?"

"전에 말한 그거."

블랙에게 붙잡혔을 때의 일이었다.

마력 억제구를 차고 있었던 알리타는, 그 덕분에 지닌 마력의 일부만을 사용해 마법을 쓰는 데 성공했다. 스스로 마력을 제어할 능력이 없더라도, 억제 마도구의 힘을 빌리면 자연스럽게 마력 일부만을 사용할 수 있다는 사실을 깨닫게 되었다.

그 이야기를 전해 들은 성시한이 준비한 것이 이 마법 팔찌였다.

그가 팔찌에 박힌 구슬을 가리키며 말했다.

"이 구슬 하나가 마력 억제 술식 하나를 내장하고 있어. 마법을 쓸 때마다 구슬이 깨지면서 마력을 제어해 줄 거야."

알리타가 눈을 빛냈다.

"구슬이 총 여섯 개니까, 최대 일곱 번까진 마력을 나눠서 사용할 수 있겠네요?"

그리고 마력을 여섯 번이나 소모하고 나면, 남은 마법 한 방 정도는 억제 마도구 없이 사용해도 탈진 상태까지 가지 않는다. 육체에 영향을 줄 만큼 마력이 남지 않을 테니까.

"좀 더 횟수를 늘리고 싶긴 했는데 계산상 여섯 번이 한계라더라. 그 이상으로 구슬 숫자를 늘리면 마력이 통째로 억제되어 버린다든가?"

"여섯 개로도 감지덕지죠. 이제까진 한 번 쓰면 끝이었는데."

감사하며 그녀는 팔찌를 받아 팔목에 꼈다. 테이블 맞은편에 앉아 있던 제논이 질문했다.

"그런데 용케 시간을 맞추셨군요? 사흘밖에 없었는데 말입니다."

"테이엔이 고생을 좀 했지."

성시한은 쓴웃음을 지었다. 그가 플로어 마스터이긴 하지만, 어디까지나 지구인 특성상 마력이 남아돌고 남의 술식을 잘 베낀 덕분에 오른 경지다. 마도구 제작 쪽은 완전히 문외한이다.

이 마법 팔찌는 백색 상아탑 8층 종사자이자 현 라텐베르크 왕국의 궁정 마기언, 테이엔의 솜씨였다.

"나야 뭐, 그냥 팔찌에 마력만 부여했고."

물론 그의 방대한 마력이 없었다면 고작 사흘 만에 완성시킬 순 없었을 테니 공로가 없다고는 못 하겠지만.

하여튼 이 팔찌 덕에 이제 마법도 충분히 실전에서 전략적으로 쓸 수 있게 되었다. 하지만 알리타는 속 편하게 기뻐하지만도 않았다.

"이거, 비용 얼마나 들었어요?"

마력 억제 마도구는 결코 쉽게 만들 수 있는 게 아니다. 고룡잡이 덫처럼 황금과 촉매를 상자 단위로 소모하지는 않겠지만, 적어도 자루 단위로 소모할 정도는 된다.

"음, 구슬 하나당 금화 100닢 정도?"

"맙소사, 마법 한 번 쓸 때마다 집 한 채씩 날아가는 셈이네요?"

그녀는 치를 떨었다. 시한이 어깨를 으쓱였다.

"뭐 어때? 켈테론 돈 많아."

"아무리 그래도 그렇죠."

알리타는 자신의 팔목을 내려다보며 떨떠름한 표정을 지었다. 목숨이 걸린 문제이니 일단 감사히 받긴 했지만…….

'역시 기분이 좋진 않네.'

이렇게 마냥 성시한에게 빌붙어서 살 수만은 없었다. 스스로 강해져야 했다.

'그래도 그때의 일로 마력 제어 감각을 좀 깨닫긴 했으니까.'

그녀는 좀 더 노력해야겠다고 다짐하며 팔을 내렸다. 재차 식사를 이어가며 시한이 혀를 찼다.

"그나저나, 이 간단한 방법을 왜 그동안 깨닫지 못했나 몰라?"

마력 억제구를 이용해 넘치는 마력을 외부의 힘으로 제어한다?

솔직히 말하면 그렇게 획기적인 아이디어라고 할 순 없다. 그런데도 여태 저걸 떠올리지 못했다.

알리타의 상황이 워낙 유례가 없었던 것이다. 과거의 성시한조차도 제어력보다 마력이 더 빨리 늘어나진 않았으니까.

"그래도 생각해 보면 참 간단한 건데. 거참, 이런 게 콜럼버스의 달걀이란 건가?"

제논이 물었다.

"그게 누굽니까? 유명한 계란 장수입니까?"

"그건 아니고, 지구 쪽 일화 같은 거야."

성시한은 콜럼버스의 달걀 이야기를 꺼냈다.

아메리카 대륙 따윈 그냥 아무나 배 타고 대서양만 건너면 발견할 수 있는 것 아니냐? 그게 뭐가 대단하냐?

아, 그러서? 그럼 이 삶은 달걀을 테이블에 똑바로 세워보시지?

제논이 이야기를 듣다 말고 고개를 갸웃거렸다.

"웅? 그게 어려운 겁니까?"

그리고 삶은 달걀 하나를 테이블에 그냥(!) 세웠다.

"무게중심만 잘 맞추면 되는 거잖아요?"

성시한과 알리타가 황당해하며 동시에 눈을 흘겼다.

"야, 보통은 너처럼 정확하게 균형 못 맞추거든?"

"그러게요, 이거야 제논이니까 되는 거지."

제논이 멋쩍어 하며 한 번 더 달걀을 들어 테이블을 꾹 눌렀다.

"아, 그렇군요. 그럼 이렇게 하는 건가?"

투기가 깃든 달걀이 나무 테이블에 움푹 파묻혔다. 달인급 소드하이어는 금속이 아닌 무기물에도 투기를 부여할 수 있는 것이다. 당연하겠지만, 파인 홈을 통해 삶은 달걀이 우뚝 섰다.

"……."

시한은 침묵했다.

'그, 그러고 보니 저것도 발상의 전환은 전환이네.'

달인급 이상의 소드하이어에게만 한정되어서 그렇지.

제논이 그제야 깨달았다는 듯 고개를 끄덕였다.

"과연! 그 일화의 교훈은 아무리 아이디어가 좋아봤자 될 놈은 되고, 안 될 놈은 안 된다는 것이었군요!"

"아니, 그건 아닌데……."

그렇지만 더 설명하자니 또 귀찮다.

"뭐, 됐다. 그렇다 치자."

＊　　　＊　　　＊

늦은 오후.

성시한은 요새의 집무실에서 서류를 살펴보고 있었다.

"보급선도 확보됐고, 지형지물에 대한 파악도 끝났고, 군대의 사기도 나쁘지 않고… 역시 십 년 전에 비하면 편하군."

없는 살림 박박 긁어 전투에 임하던 혁명전쟁 시절에 비하면 확실히 상황이 좋다. 제국과 싸울 때 이 정도의 여건이 갖춰졌었다면 훨씬 승률이 높았을 것이다.

'하지만 이건 레비나도 마찬가지지.'

당시의 레비나 역시 궁핍 속에서 전투를 이어갔었다. 서로 주어진 상황이 비슷하니 이 정도로 승리를 장담할 순 없다.

그렇게 시한이 침착하게 서류를 넘기던 중이었다. 문득 노크 소리가 들렸다.

"저기요, 시한."

"응? 무슨 일이야?"

알리타가 문을 열고 고개를 내민다.

"혹시 시간 있어요?"

"별로 급한 건 없는데, 왜?"

"아, 좀 물어볼 게 있어서……."

알리타는 한 손에 작은 노트를 든 채 집무실로 들어섰다. 그녀의 배다른 오빠, 듀란이 남겼던 이계소환술 총론이었다.

시간 날 때마다 꾸준히 고대 아스틴 어를 공부하던 알리타였다. 어느 정도 성과가 보이자 슬슬 노트 해독에 들어간 것이다. 딱히 이계소환술을 익히려는 건 아니고, 총론 속에서 그녀의 알 수 없는 마력 증폭에 대한 해답을 찾고자 하는 것이 목적이었다.

"존재력? 존재 허락? 하여튼 이 개념이 영 애매해서요."

알리타가 곁에 다가와 앉았다.

"존재력이라……. 하긴, 저거 원래 좀 헷갈리긴 하지."

시한은 잠시 생각에 잠겼다. 그리고 과거 릴스타인의 설명을 떠올리며 말을 이었다.

"음, 일단 테라노어를 작은 연못의 바닥이라고 비유해 보자. 물이 차 있고, 바닥에 흙이 깔린 작은 연못 말이야. 그리고 그 연못에 조약돌을 하나 던진다고 생각해 봐."

던진 조약돌은 자연스럽게 연못 바닥에 가라앉을 것이다. 딱히 무슨 짓을 하지 않아도 저절로.

"여기서 조약돌이 알리타, 너처럼 테라노어에 속한 존재라 할 수 있어."

반면 성시한은 나무토막이다. 조약돌이 아니라.

"나무토막을 그냥 연못에 던진다면 어떻게 되겠어?"

"그냥 수면에 뜨겠죠?"

"그렇지?"

나무토막을 연못 바닥에 머무르게 하려면 좀 더 특별한 행위가 필요하다. 나무토막을 강하게 날려서, 연못의 흙바닥에 박아 넣어야 하겠지.

"바닥에 박힌 나무토막은 흙과의 마찰이나 압력으로 인해 수면으로 떠오르지 않겠지? 그 마찰과 압력이 바로 존재력인 거야."

과거 성시한이 소환되었을 때 사용된 존재 허락의 계약, 그리고 현재 알리타의 심장과 연동된 소환술이 바로 저 나무토막이 꽂힌 흙바닥에 비유될 수 있다.

"그런데 박힌 나무토막 주위의 흙을 퍼내거나 흩어버리면 어떻게 되겠어? 뽑힌 나무토막이 저절로 수면으로 떠오르겠지? 그게 바로 내가 지구로 귀환되는 방식인 셈이지."

"흐음……."

이해가 된다는 듯 알리타는 고개를 끄덕였다. 그리고 다시 물었다.

"그럼 그냥 차원문에 던지는 경우엔 어떻게 존재력을 확보하는 건가요? 예전 시한이 젝센가드를 차원문에 던졌었잖아요? 그땐 그쪽 차원에 존재 허락의 계약이나 소환사의 심장 같은 게 없을 텐데?"

그 질문이 나올 줄 알았다는 듯 시한이 말을 이었다.

"그게 바로 적룡의 망토를 제작한 방식이야."

만약 성시한이 무작정 차원문을 통과해 우연히 테라노어에 도착했다면?

"그땐 존재 허락에 대해 별 고민을 할 필요가 없어. 테라노어 자체가 내 존재를 유지하려 할 테니까."

지정된 차원 좌표 없이 차원문을 열고 다른 세계로 넘어갈 경우, 넘어간 존재는 그 세계의 기운 자체에 귀속된다. 세계의 흐름 어딘가에 랜덤으로 '박힌' 채, 그것을 기점으로 존재의 허락을 받는 식이다.

"하지만 그건 한없이 낮은 확률이고, 감히 시도할 수 있는 짓이 못 되지."

그래서 정확히 테라노어로 오기 위해 그는 알리타라는 특정 좌표를 지정했다.

비유하자면 일단 연못 바닥에 못을 박고, 거기에 간접적으로 나무토막을 걸어놓는 것과 같다. 바닥에 직접 나무토막을 박는 것이 아니라.

"엄밀히 말하면, 존재 허락의 계약을 지우는 건 나무토막 주위의 홈을 파내는 게 아니라 저 못을 뽑아버리는 거라 할 수 있지. 아까는 이해하기 쉬우라고 저런 식으로 설명했지만."

이계의 존재는 기본적으로 넘어간 차원의 흐름에 존재력이 귀속된다. 이게 기본이다.

하지만 이것만으론 넘어갈 차원을 특정 지을 수 없으니까, 차원 좌표라는 돌출된 지점을 생성하고 거기에 존재력을 거는 것이다.

"적룡의 망토가 저런 식으로 소환한 이계 마물을 재료로 만든 것이라 들었어."

이계소환술이라는 좌표 지정을 통해 마물을 소환하는 것이 아니라, 그냥 차원문만 열고 이계 마물이 '우연히' 떨어지길 하염없이 기다린다.

그렇게 우연히 테라노어로 떨어진 이계 마물은 소환된 마물과 달리 테라노어의 흐름 자체에 존재가 귀속된다. 차원 좌표라는 못에 걸리는 것이 아니라 연못 바닥 자체에 깊숙이 박히는 셈이다.

깊숙이 박힌 나무토막은 점점 바닥의 흙을 흡수해 무거워지고, 종국엔 굳이 바닥에 박혀 있지 않아도 비중이 높아져 수면으로 떠오르지 않게 된다.

"저 상태의 마물은 고향 차원과 테라노어 양쪽 모두에 존재를 허락받는 상태가 되고, 그 특성을 이용하면 적룡의 망토 같은 특이한 기물이 나온다던가? 뭐, 그렇다더라고. 솔직히 말하면 나도 전부 이해한 건 아니라서……."

설명을 마치며 시한이 머리를 긁었다.

"도움이 좀 됐어?"

"네, 충분히요."

알리타는 듀란의 노트를 품에 넣었다. 그리고 문득 집무실 창문으로 시선을 돌렸다. 요새 창문을 통해 넓은 숲과 구릉지, 그 너머로 광활한 평원이 보였다.

저기서부터는 팔로스 왕국의 영토다.

그녀가 말했다.

"이제 하루밖에 안 남았네요."

내일 아침, 창천기사단과 백경기사단, 청월기사단과 흑사자 기사단을 비롯해 15,000의 병력이 저 대지로 진군하게 된다.

역시 창밖을 내다보며 시한이 나직이 대꾸했다.

"응, 내일이네."

*　　　*　　　*

팔로스 왕국은 국경을 따라 일곱 개의 요새를 세우고 유기적으로 연계해 방비를 굳히고 있었다.

북쪽 국경의 호르툴, 라누스, 플라틴. 이 세 요새가 테오란트 왕국을 상대했다.

남쪽 국경의 술트, 크레테, 람고트. 이 세 요새가 이나시우스 교국을 상대했다.

그리고 서쪽 국경의 스탈라 요새가 바로 대(對)라텐베르크 왕국용이었다.

테오란트와 카렌 이나시우스를 상대론 요새를 세 개씩이나 배치한 주제에, 라텐베르크 왕국은 달랑 요새 한 개만으로 끝낸 것이다.

라텐베르크 왕국이 얼마나 만만하게 보였는지 익히 알 수 있는 부분이라 하겠다. 뭐, 정확히는 젝센가드 왕국이겠지만.

요새 창문을 통해 밖을 내다보며 레비나가 쓴웃음을 지었다.

"솔직히 그동안 젝센가드는 별 신경을 안 썼지, 뭐."

베르패스가 어깨를 으쓱였다.

"그러게 말입니다. 적이 쳐들어오면 분명 남쪽이나 북쪽일 거라 생각했는데, 하필 방어가 제일 약한 서쪽이라니⋯⋯."

덕분에 방어선을 구축하는 것이 쉽지 않았다. 예정대로 삼국동맹군이 일주일 전에 쳐들어왔다면 불완전한 상태로 적을 맞이하게 되었으리라.

"그리고 보면 조슈아가 꽤 큰 공을 세운 셈이군요? 소발에 쥐잡기였지만."

"별로 칭찬해 주고 싶은 생각은 안 들지만 말이지."

레비나는 중얼거리며 계속해 창밖을 바라보았다.

베르패스가 보고를 이었다.

"삼국동맹군은 15,000, 아군은 13,000입니다. 병력에서 좀 밀리긴 하지만, 크게 불리한 정도는 아니지요. 문제는 저쪽에 무신급 소드하이어만 둘에, 그에 필적하는 달의 여교황이 있다는 것인데……."

그는 말하다 말고 피식 웃었다.

"초인급 소드하이어가 80명쯤 되면 그것도 별문제는 안 되겠더군요."

"릴스타인, 그 인간이 참 어마어마한 짓을 해버렸지."

레비나는 대꾸하며 고개를 돌렸다. 그리고 진지한 얼굴로 물었다.

"크림슨 나이츠의 편제는?"

"폐하께서 30인, 저와 하이어 라이첼이 10인씩 맡을 예정입니다."

순간 그녀는 의아해했다.

30에다 10을 두 번 더하면 50이다. 30명이나 빈다.

"나머지 30인은?"

"하이어 네포스에게 별동대 형식으로 지휘시킬 생각입니다. 저와 라이첼은 퀸즈 나이츠 역시 관리해야 하니까요."

베르패스와 라이첼은 퀸즈 나이츠의 단장과 부단장이기도 하다. 마냥 크림슨 나이츠에만 신경 쓸 순 없는 것이다.

"돌발 상황에 빠르게 대처할 수 있는 감각이 필요하니, 상황

판단이 빠른 네포스가 적격이지요."

베르패스가 말하다 말고 문득 아쉬워하는 표정을 지었다.

"실은 자비엔이 더 적격이긴 하겠습니다만……"

여왕의 연인 중 한 명인 자비엔은 현재 왕도에 남겨놓은 상태였다. 베르패스나 라이첼, 네포스처럼 함께 스탈라 요새에 오지 않았다.

"시한 님이 적이 된 이상, 그 친구는 아무래도 믿을 수가 없지요."

십 년 전부터 자비엔은 이계구원자를 숭배하던 이들 중 하나였다. 조르단처럼 대놓고 반항적인 태도를 보이진 않았지만 은연중 이 전쟁에 부정적인 반응을 보여, 참가시킬 수가 없었다. 결정적인 순간 배신할지도 모르니까.

베르패스는 혀를 찼다.

"역시 이계구원자의 영향력은 무시할 수가 없어요. 십 년이나 지났는데도 이 정도라니."

여왕의 연인이었던 두 사람조차 성시한의 귀환에 저 정도로 흔들렸다. 만약 전시체제를 미리 갖춰놓지 않았다면 팔로스 왕국도 릴스타인 왕국 꼴이 났을지 모를 일이다.

레비나가 고개를 저었다.

"아니, 솔직히 이 정도면 만족스러운 결과야. 실은 난 좀 놀라고 있는걸?"

"무엇을 말입니까?"

"고작 두 사람밖에 날 배신하지 않았다는 거."

눈을 가늘게 뜬 채 그녀는 베르패스를 흘겨보았다. 잔잔한 목소리가 이어졌다.

"그런 소문이 퍼졌으니 더 많은 사람들이 배신할 줄 알았어. 당신도 시한 편을 들 거라 생각했고."

베르패스는 의심받았다는 소리를 듣고서도 태연했다.

"예전이었다면 그랬을지도 모르겠군요."

그 역시 혁명전쟁 당시엔 그 누구보다 이계구원자를 존경하고 숭배했었다.

"하지만 그건 이제 과거의 일이죠."

이계구원자가 테라노어를 떠난 지 벌써 십 년이다. 그리고 지난 십 년간 레비나와 함께 보냈던 시간은 결코 가볍지만은 않다.

"폐하께서 좋은 사람이라곤 차마 말 못 하겠지만……."

베르패스는 빙그레 미소 지었다.

"그래도 자기 사람들은 잘 챙기셨잖습니까?"

미소와 함께 레비나의 은빛 머리칼을 가볍게 쓸어 올린다.

"팔은 안으로 굽는 법이고, 인간이란 그렇게 올바르게만 사는 존재가 아니지요. 누가 옳고 그른지는 지금의 제겐 별로 중요한 문제가 아닙니다."

레비나가 입을 삐죽이며 투덜거렸다.

"그러니까, 당신도 일단은 시한 쪽이 옳다고 인정한다는 소리 아냐?"

"솔직히 배신한 건 사실이잖습니까? 뭘 이제 와서……"

"역시 당신, 나 사랑 안 하는 거 같아."

"그럼 확실하게 말씀드리죠. 폐하께서는 상대의 진위를 구별할 수 있으실 테니……"

부드러운 입술이 레비나의 뺨에 닿았다.

"저는 무조건 당신의 편입니다, 나의 여왕이시여. 자, 제가 거짓을 말하고 있나요?"

그제야 그녀는 환하게 웃을 수 있었다.

*　　　*　　　*

다음 날, 삼국동맹군은 국경을 넘어 제레브 평원으로 진군했다.

수많은 군세가 대열을 갖추어 나아가는 모습은 실로 장관이었다. 그 광경을 지켜보며 줄데란은 멍한 표정을 지었다.

"거참, 살다 보니 별일이 다 생기는구만……"

현 삼국동맹군의 총사령관은 이계구원자나 불사의 마녀가 아니었다. 심지어 용병왕 바락이나 초인급 소드하이어 말루프와 에세드, 백금위의 프레이어 호트렌조차도 아니었다.

"내가 이 대군의 총지휘관이라니……."

흑사자 기사단의 단장, 하이어 줄데란.

삼국동맹의 무력 순위를 나열하면 한없이 뒷줄에 서 있을 그가 네 기사단과 1만 5천의 병력으로 이루어진 이 삼국동맹군의 총사령관이란 막중한 직책을 맡고 있는 것이다.

줄데란은 어색해하며 뒷머리를 긁었다.

"상황을 몰랐다면 질 나쁜 농담으로 여기기 딱 좋겠지?"

일국의 왕실기사단장이긴 하지만, 그는 고작해야 기사급 소드하이어였다. 알리타나 일반 창천기사단원과 비슷한 수준, 다른 나라의 왕실기사단장이 초인급인 것에 비하면 심각하게 약한 처지다.

그럼에도 기라성 같은 강자들을 놔두고 줄데란에게 총사령관직을 맡긴 이유가 있었다.

현 삼국동맹군의 구성이 꽤나 기묘한 형태였던 탓이었다.

다양한 세력이 연합해 움직이는 경우라면, 어지간해서는 기존의 틀을 깨지 않은 채 부대 단위의 연계를 중요시하는 법이다.

예를 들자면, 카렌 이나시우스와 호트렌은 청월기사단과 교국군을, 말루프는 백경기사단과 테오란트 왕국군을 지휘하며 각 수뇌부끼리 기밀한 전략적 연대를 짜는 식이다. 이미 명령

체계가 갖춰진 기존의 무력 집단을 굳이 와해시켜 전력을 떨어뜨리는 건 비상식적인 일이니까.

하지만 레비나의 크림슨 나이츠를 상대하기 위해선 상식적인 군사 운용만으론 부족하다.

그래서 삼국동맹의 전술가들은 이런 형태의 편제를 제안했다.

일단 각국의 기사단과 군대는 기존의 틀을 유지한다. 백경기사단이나 청월기사단, 각국의 군대 등은 여전히 고유의 부대 형태대로다.

단, 수뇌부 쪽은 전혀 달랐다.

무신급 소드하이어인 성시한과 용병왕 바락, 그리고 카렌이나시우스며 말루트와 호트렌 등 원래대로라면 휘하 기사단이나 부대를 지휘해야 할 이들이 몽땅 창천기사단 소속이 되었다.

초인급 이상의 모든 강자들을, 초인급 상대하는 데 이골이 난 창천기사단과 한데 묶음으로써 크림스 나이츠를 상대하는 최정예 무력 집단으로 바꿔놓은 것이다.

문제는 이렇게 할 경우 저들의 빈자리를 다른 이들이 메워야 한다는 점이다.

그래서 현재 남은 세 기사단이며, 각국의 군대는 삼국의 달인급 소드하이어들, 최정예에 속할 정도는 아니지만 휘하 기사단을 지휘하기엔 충분한 강자들이 맡게 되었다.

무신급과 초인급은 크림슨 나이츠 상대하느라 빠지고, 달인급은 저들의 빈자리를 채우느라 빠지고, 창천기사단은 아예 통째로 빠지고……

그러다 보니 총사령관의 감투는 건너 건너 줄데란에게까지 넘어와 버렸다. 참 애매한 상황이라 하겠다.

'이걸 영광스럽다고 해야 할지, 수치스럽다고 해야 할지 모르겠군.'

줄데란은 쓴웃음을 지으며 계속 말을 몰았다.

어쩌다 보니 말도 안 되는 중책을 맡아버렸지만, 어쨌든 맡은 이상 최선을 다해야 할 터였다.

'내가 무슨 전설의 명장도 아니고, 그저 기본이라도 충실히 해야지.'

정신을 집중하며 그는 주위를 둘러보았다. 넓은 평원 저편에 숲이 펼쳐져 있고, 그 사이로 굴곡진 동산이 보였다.

'매복하기 좋은 지형이군.'

줄데란이 부관을 불러 명령을 내렸다.

"진군 속도를 절반으로 줄이게. 그리고 정찰대를 보내도록."

*　　　*　　　*

기나긴 삼국동맹군의 진군 대열, 시한 일행과 창천기사단은 그 중간쯤에서 길을 걷고 있었다. 말을 몰던 에세드가 대열 선두를 응시하며 문득 말했다.

"줄데란, 저 친구 믿을 만합니까?"

줄데란은 혁명전쟁 시절 그리 두각을 드러낸 적이 없다. 어디까지나 젝센가드가 왕국을 세운 뒤 활동했을 뿐이다.

지난 십 년간 떠돌아다녔던 에세드가 보기엔 영 미덥지 않은 것이다.

"총사령관이라는 중책을 맡길 정도의 인물인지는 좀……."

에세드를 돌아보며 성시한이 어깨를 으쓱였다.

"달리 맡길 사람도 없잖아? 어차피 남은 전력 중에선 최고의 인선이었다고."

"그야 그렇습니다만……."

시한은 걱정 말라는 듯 손을 내저었다.

"뭐, 잘할 거야. 켈테론이 추천한 인간이니까."

성시한이 기억하는 줄데란은 딱히 소드하이어의 기량이 높지도 않았고, 지휘관으로서 두각을 드러낸 적도 없었다.

"하지만 기량이 낮지도 않았고, 지휘관으로서 큰 실수를 저지른 적도 없지."

잘난 건 없는데, 못난 것도 없어서 쓸데없는 헛짓거리는 절대 안 할 성격.

이것이 켈테론이 내린 줄데란의 평가였다. 그리고 그 점이 바로 줄데란을 높이 평가하는 이유이기도 했다.

어차피 이 전쟁은 시한 님과 창천기사단을 비롯한 초인급 이상의 강자들, 그리고 레비나 여왕과 크림슨 나이츠의 대결이 승패를 가를 것이다. 일반 군대의 존재는 필수지만, 그것이 전황에 큰 영향을 끼치긴 힘들다.

그렇다면 쓸데없이 예정에 없는 전략을 펼쳐 변수를 만드는 것보다는 착실히 정석적으로만 움직이는 쪽이 오히려 믿을 만하다.

"중간만 가면 족한 자리를, 중간만 가는 인간이 앉았지. 충분히 적재적소잖아?"

"듣고 보니 또 그럴듯하긴 하군요."

에세드는 피식거리며 시선을 돌렸다. 저만치 대열을 따라 말을 모는 중년인들이 보였다.

백경기사단장 말루프와 청월기사단장 호트렌이었다.

말루프가 고삐를 쥔 채 주위를 둘러보며 어색한 표정을 지었다.

"이거 영 기분이 묘하군요."

호트렌이 동감이라는 듯 고개를 끄덕였다.

"그러게 말이오. 수하 하나 없이 그냥 아무것도 안 한 채 대기하고 있으려니 신참 때로 돌아간 기분이군."

둘 다 산전수전 다 겪은 베테랑이었다. 전쟁에 나설 때마다 수많은 부하를 지휘하며 막중한 책임감을 짊어지던 이들이었다.

그러던 이들이 지금은 부하 하나 없이, 단순히 전사 개인의 자격으로 전쟁에 참여하게 되었다.

"이제 곧 수십 명의 초인급 소드하이어를 상대해야 할 상황에 할 소린 아닌 것 같지만, 솔직히 홀가분하긴 합니다."

말루프의 말에 호트렌이 고소를 머금었다. 그 역시 비슷한 감정을 느끼고 있었다.

"전황에 신경을 쓰지 않고 눈앞의 적에만 집중할 수 있잖소? 흥분될 수밖에."

다른 쪽에선 실피스가 비렛타와 말 머리를 나란히 한 채 대화를 나누고 있었다.

"함께 싸우는 건 정말 오랜만이지?"

"실피스 님이나 오랜만이지, 우린 십 년째 함께 싸우고 있거든요?"

"아이참, 늦게 온 건 미안하다니까? 까칠한 건 여전하구나, 비렛타."

에세드와 실피스가 합류하자 제논과 알리타는 창천기사단의 부대장 지위에서 물러나게 되었다. 혁명전쟁 시절 잔뼈가 굵은 과거의 부대장들이 돌아왔으니 굳이 저 두 사람이 그 자리에 머무를 이유는 없었다.

그래서 제논은 바락의 부관으로 배치되었고(덤으로 시간 날 때마다 계속 패왕기 훈련도 받고), 알리타는 성시한의 직속 부관이 되었다.

"애 한번 납치되는 거 보니까, 겁나서 눈 밖에 못 내보내겠더라고."

"어머? 저 알아서 잘 탈출했거든요?"

"아니, 뭐, 알리타를 무시하는 건 아닌데……."

"됐어요, 걱정할 만하다는 건 인정하니까. 할 수 없죠."

살짝 투덜거리긴 했지만 알리타는 시한의 부관 역을 거부하지 않았다. 어쨌거나 자신에게 무슨 일 생기면 문제가 심각해진다는 건 그녀도 잘 인지하고 있었다.

그렇게 계속 전진하던 중이었다.

갑자기 성시한이 대열 앞쪽을 노려보며 인상을 썼다.

"음?"

제논이 물었다.

"뭔가 느껴지십니까?"

심각한 어조로 시한이 대꾸했다.

"교전이 시작된 것 같아. 정찰대가 매복한 적군을 발견한 모양인데?"

　　　　　*　　　　　*　　　　　*

성시한은 평야 저편을 노려보며 정신을 집중했다. 기감을 통해 대략적인 상황이 전해져왔다.

"초인급이고, 수가 제법 되네."

다수의 초인급 소드하이어라면 그 정체는 보나 마나 뻔하다. 바락이 눈을 빛내며 다가왔다.

"방향이야 네놈이 바라보는 쪽일 테고, 거리는 어느 정도냐?"

"800미터쯤? 너무 멀어서 잘은 모르겠어요."

어처구니없다는 듯 바락이 혀를 찼다.

"여전히 말도 안 되는 감지 능력이로구나. 어떻게 인간이 이런 게 가능하지?"

시한이 디재스터를 움켜쥐며 대꾸했다.

"아무리 저라도 이 거리에선 진짜 대략적인 것밖에 못 느껴요. 뭐, 금방 신호가 오겠죠?"

아니나 다를까, 평야 저편에서 세 줄기의 마력 신호탄이 날아올랐다.

붉은색, 자주색, 노란색.

붉은색은 크림슨 나이츠가 출현했다는 의미, 자주색은 그 숫자가 10에서 20 사이, 그리고 노란색은 휘하 병력의 숫자가

1,000 이하라는 의미다.

알리타가 하늘을 수놓은 신호탄을 바라보며 중얼거렸다.

"흰색은 없네요."

흰색 신호탄이 떴다면 그것은 곧 은형의 레비나가 직접 나섰다는 의미.

아무래도 휘하 크림슨 나이츠 일부만을 부려 적당히 이쪽 전력을 파악하려는 의도인 것 같았다. 그러면서 동맹군의 전력을 깎아내면 더 좋을 테고.

성시한은 도로 디재스터를 놓았다.

"레비나가 아니라면 나도 움직일 순 없겠네."

대신 카렌이 나섰다.

"제 차례네요."

팔로스 왕국군에 속한 크림슨 나이츠가 어떤 식으로 공격해 올지는 아무도 모른다.

전원을 앞세워 돌격할지, 일부만을 동원해 소모전을 펼칠지, 아니면 전력을 분산시켜 성동격서를 노릴지, 이 모든 건 직접 싸워보기 전엔 알 수 없다.

그래서 삼국동맹의 참모진은 크림슨 나이츠의 움직임에 따라 기민하게 반응할 수 있도록 미리 전략을 짜놓았다.

저 숫자라면 현재 나설 전력은 카렌 이나시우스와 에세드, 우드로우 휘하의 창천기사단 20기.

카렌이 창천기사단 일부를 거느린 채 대열에서 이탈했다.
그녀를 향해 시한이 걱정스러운 한마디를 건넸다.

"조심해, 카렌."

"다녀올게요, 시한."

카렌은 부드러운 미소와 함께 오른손을 들었다. 동맹군 병
력 일부가 분리되어 그녀의 뒤를 따랐다.

1천의 군세가 흑발의 미녀를 앞세운 채 평야를 질주하기 시
작했다.

＊　　　＊　　　＊

팔로스 왕국군의 선발대는 제레브 평원 북동에 위치한 숲
쪽에 매복하고 있었다. 줄데란의 시기적절한 대응으로 사전에
발각된 것이다.

정찰대 대장은 신호탄을 올리자마자 바로 명령을 내렸다.

"전원, 뿔뿔이 흩어져 도망쳐라! 최대한 오와 열을 흐트러뜨
리면서!"

상식을 역행하는 명령이었다.

질서 정연하게 후퇴해도 모자랄 판에 대열을 스스로 붕괴
하라니? 최소한의 전술 지식만 가지고 있어도 저 명령이 얼마
나 어이없는 것인지 짐작이 갈 것이다.

하지만 이것이 크림슨 나이츠를 조우한 병사들에게 내려진 교전 수칙이었다.

어차피 일반 병사들이 초인급 소드하이어를 상대로 뭔가를 할 수 있을 리 없다. 성시한이 교전이라고 표현하긴 했지만, 그것이 정찰대가 실제로 맞서 싸웠다는 소리는 아니다.

대열을 갖춰서 도망치는 건 어디까지나 저쪽이 상식적인 군대일 때 이야기다. 이제까지의 전쟁에선 적측에 초인급이 많아봐야 한 명 정도였다. 그러니 질서 정연하게 후퇴하는 행위가 의미가 있었다.

그러나 초인급 소드하이어가 다수라면 군기가 엄정하든, 사기가 하늘을 찌르든 어차피 몰살인 것이다. 그럴 바엔 차라리 타깃을 최대한 분산시키는 쪽이 차라리 피해가 적다.

동맹군 정찰대 전원은 주어진 교범을 착실히 따랐다.

"으아아아!"

"도망쳐!"

"튀어!"

100여 명에 가까운 병사들이 사방팔방으로 흩어져 죽어라 도망치기 시작했다. 몰골만 보면 오합지졸의 극치, 그야말로 약 맞은 바퀴벌레를 연상케 하는 한심한 광경이었지만 덕분에 피해는 거의 없었다.

저거 쫓아가려면 크림슨 나이츠도 사방팔방으로 흩어져야

하는데, 그럼 팔로스 왕국군 선발대의 진영도 붕괴되어 버리니까.

그 틈에 카렌은 늦지 않고 도착할 수 있었다.

＊　　　　＊　　　　＊

'상대의 전력은 어느 정도지?'

그녀는 말고삐를 쥔 채 빠르게 상황을 살폈다.

팔로스 선발대의 수는 200명 정도였다. 전원 기마병으로, 선두에 10여 명이 넘는 중장보병이 두 발로 버티고 서 있는 기형적인 형태다.

하지만 저 중장보병의 정체를 안다면 그다지 기형적이라 할 순 없을 것이다.

'크림슨 나이츠!'

숫자는 총 18명, 그들을 퀸즈 나이츠로 보이는 기사 한 명이 지휘하고 있었다. 카렌은 살짝 미간을 찌푸렸다.

'좀 많네.'

신호탄의 문제점이 이거다. 11명이나 19명이나 신호탄상으론 그냥 자주색인 것이다. 10명에서 20명 사이니까.

대략적인 정보만을 담고 있다 보니 정확한 숫자까지는 전달할 수가 없다.

'병사들은 또 너무 적고.'

초인급은 18인인데, 휘하 병사는 200 정도.

애매한 전력이다. 동맹군의 실력을 간보려는 것이 목적이라면 크림슨 나이츠를 너무 많이 투입했고, 본격적으로 전투를 벌이려는 것이라면 병사들의 수가 너무 적다.

'무슨 속셈이지?'

의아해했지만 카렌은 이내 상념을 떨쳤다.

'붙어보면 알겠지!'

말을 몰며 전력으로 질주한다. 단숨에 전장을 가로지르며 그녀가 고함을 터뜨렸다.

"창천기사단, 돌격!"

수십의 기사들이 앞장서 돌격하기 시작했다. 에세드와 우드로우가 이끄는 창천기사단이었다.

직속 수하인 청월기사단이 카렌과 손발은 더 잘 맞겠지만, 초인급 상대로 안 죽고 버티려면 역시 이들이어야 하는 것이다.

"가자, 형제들이여!"

커다란 대검을 뽑아 들며 에세드는 눈앞의 붉은 기사에게 달려들었다.

칼날을 통해 찬란한 빛이 뿜어져 나왔다. 눈부신 청회색 투기강이 사방으로 존재감을 떨쳤다.

지켜보던 우드로우가 부러움 섞인 시선을 보냈다.

"크, 저 인간, 결국 초인급을 뚫었네."

혁명전쟁 시절 이미 달인급의 극에 다다랐던 에세드였다. 관심사라곤 오직 검술뿐, 세상이 바뀐 뒤에도 따로 한자리 차지하지 않고 수행을 위해 대륙을 떠돌아다녔다.

설원의 망령이 되어 도망 다니느라 바빴던 우드로우와 달리 순수한 무의 길만을 걸었던 에세드가 벽을 넘은 것은 당연한 결과일 것이다.

"크아아아!"

크림슨 나이츠 역시 투기강으로 맞섰다. 창천을 연상케 하는 푸른 투기강이 청회색 투기강과 충돌해 뇌성을 떨쳤다.

콰콰쾅!

일검을 나누며 에세드와 크림슨 나이츠가 서로를 스쳐 지나갔다.

승기를 잡은 것은 에세드였다. 그는 전혀 자세가 무너지지 않았지만 상대는 크게 중심이 흔들려 바닥을 나뒹굴었다.

"크윽!"

크림슨 나이츠가 신음을 흘리며 재빨리 몸을 일으켰다. 후속타를 막기 위해 그 와중에도 연달아 검을 뻗는다. 허공을 수놓는 푸른 궤적을 피해 몸을 틀며 에세드는 씁쓸한 표정을 지었다.

'패왕기인가.'

눈앞의 적색 기사뿐만이 아니었다. 다른 크림슨 나이츠 역시 마찬가지였다. 전원 손에 푸르디푸른 투기강을 쥔 채 투기를 발하고 있다.

에세드는 이를 갈았다.

"제길!"

새롭게 등장한 크림슨 나이츠가 바락의 패왕기를 익히고 있다는 정보는 이미 들었다. 그래도 직접 눈으로 보니 실로 속이 쓰리다.

'내가 저거 익히려고 그 고생을 했는데!'

패왕기의 용법 자체는 에세드도 알고 있었다. 아니, 아는 정도가 아니라 지금도 눈 감으면 줄줄 읊을 수 있을 정도로 외우고 다닌다.

하지만 외운 게 다였다.

'뭔 소린지는 전혀 모르겠더라.'

뛰어난 무학자인 에세드였지만 패왕기를 터득하기엔 재능이 살짝 부족했다. 미련을 버리지 못해 십 년 동안 세상을 떠돌아봤지만 끝끝내 패왕기를 익힐 순 없었다.

평생의 목표였지만 결국 닿을 수 없는 아련한 신기루라 생각했던 지고의 투기술.

그 패왕기를 개나 소나 휘두르고 있는 걸 보니 속이 쓰리다 못해 울화통이 터질 지경이다.

'…라지만 따지고 보면 시한 님도 동류지? 흥분할 것까진 없군.'

애써 진정하며 그는 투기술을 끌어 올렸다.

"천강기!"

창천기사단의 고유 투기술, 천강기.

이는 테라노어에 퍼져 있던 범용적인 투기술을 성시한의 파천기와 접목해 에세드가 창안한 새로운 투기술이었다.

파천기와 도룡기 자체는 용법을 모르니 익힐 수도 없지만 그 근본이 되는 패왕기는 안다. 단 패왕기 자체의 용법은 또 모른다. 그래서 패왕기 용법을 바탕으로 파천기를 간접 분석해 이해할 수 있는 부분만을 추려낸 뒤 고유 투기술로 승화시켰다.

무인의 재능이 부족했기 때문에 오히려 무학자로서 대성한 타입이 바로 에세드였다.

"천강기, 광풍!"

폭풍처럼 투기강을 연달아 휘두르며 에세드는 크림슨 나이츠를 압박해 갔다. 세 명을 상대하면서도 그는 오히려 우위에 서서 차분히 전투를 풀어가고 있었다.

그 뒤를 우드로우가 착실히 화살로 보조한다.

"진전기, 관천!"

투기가 실린 화살이 아지랑이 같은 궤적을 남기며 연달아 전장의 하늘로 쏘아졌다.

초인급이라면 충분히 피하거나 막아낼 수 있는 수준이었지만, 반대로 말하면 그냥 무시할 수만은 없는 위력이란 소리도 된다. 눈앞의 에세드를 상대하기도 바쁜데 자꾸 뒤에서 훼방이 들어오는 셈이다.

보다 못한 크림슨 나이츠 두 명이 우드로우 쪽으로 칼끝을 돌렸다.

"크르륵!"

적색 기사가 괴성을 흘리며 몸을 날렸다. 순식간에 거리를 좁히며 푸른 투기강을 크게 내려친다.

참격이 닥치기 직전 우드로우는 몸을 날렸다. 타고 있던 전마가 두 동강이 나 피를 흩뿌렸다.

'미안하다!'

애마에게 속으로 사죄하며 그는 허공에서 공중제비를 돌았다. 그 상태로 화살을 연사, 상대의 접근을 제어하며 조금 떨어진 다른 창천기사단의 말로 옮겨 탄다.

"말 좀 빌리자!"

"마음껏 빌리쇼!"

우드로우는 말 위에서 서커스하듯 두 발로 서서 계속 시위를 당겼다. 날아간 화살이 크림슨 나이츠의 갑옷 위에서 폭발했다. 그 틈에 창천기사단이 창을 들고 돌진했다.

"타아아앗!"

요란한 기합과 함께 투기 실린 거창이 크림슨 나이츠를 몰아붙였다. 푸른 투기강이 연달아 빛을 발했지만 그때는 또 잽싸게 창을 거두고 뒤로 물러선다.

창천기사단은 기마의 기동성을 앞세워 연신 치고 빠지며 상대의 발을 묶었다. 전면에선 에세드가 굳건한 방패가 되어 공세를 막아내고, 배후에선 우드로우가 화살로 계속해 보조하며 움직임을 제어한다.

'역시 창천기사단……'

카렌은 전황을 지켜보며 혀를 내둘렀다.

'청월기사단으론 저게 안 되지.'

십 년 전부터 느낀 것이지만, 정말 제 목숨 챙기며 남 발목 잡는 데는 아주 도가 텄다. 특히 에세드라는 걸출한 부대장이 돌아온 지금은 저 전술 역시 훨씬 안정적으로 펼치고 있었다.

그렇다 해도, 20기의 창천기사단만으로 초인급 18인을 상대하는 건 역시 터무니없는 일이다. 지금 저들이 저렇게 훌륭히 싸울 수 있는 데는 다 이유가 있다.

18인의 크림슨 나이츠 중 절반 이상은 지금 단 한 명이 감당하고 있는 것이다.

＊　　　＊　　　＊

"하압!"

낭랑한 외침과 함께 흑발의 미녀가 몸을 날렸다. 초승달이 그려진 흑색 휘장 아래 매끈한 사지가 여실히 드러났다.

특유의 전투용 법복 차림으로, 카렌은 크림슨 나이츠의 머리 위를 장악해 양팔을 펼쳤다.

"흑월의 사슬!"

십여 줄기의 검은 사슬이 적색 기사들을 노리고 뱀처럼 쏘아졌다. 하나하나가 투기강에 필적하는 위력을 담은 권능의 사슬이었다.

"크아아아!"

크림슨 나이츠도 검을 휘두르며 맞섰다. 사슬과 빛의 검이 뒤섞여 충격파를 일궈냈다.

콰아아앙!

그 틈에 카렌이 빠르게 대지를 가로질렀다.

단숨에 거리를 좁히며 눈앞의 적에게 미들킥을 날린다. 꽤나 거창한 동작이라 상대도 바로 반응하고 공세를 피한다.

그 틈에 몸을 틀며 스핀 엘보, 몸을 돌리며 정확히 턱을 노려 팔꿈치를 꽂아 넣는다!

비명이 터졌다.

"커억!"

투기로 보호되는 투구가 박살이 나며 붉은 기사가 피를 토했다. 일격에 턱뼈가 박살 난 것이다.

카렌이 고통으로 주춤거리는 상대의 명치를 노리고 앞차기를 뻗으려 했다. 그 순간 다른 크림슨 나이츠가 그녀를 급습했다.

"크아아!"

패왕기가 깃든 칼날이 푸른빛을 발하며 찔러왔다. 양발을 스위치하며 카렌이 자세를 낮췄다.

하단차기를 날려 바닥을 쓸어가며 적의 오른발을 노린다. 검을 내려치는 주축이 되는 오른발을 공격당하니 제대로 위력을 실을 수 없다. 상대의 균형이 깨지며 검세가 주춤거린다.

그 틈에 날카로운 연격이 이어졌다.

"타아앗!"

기합을 이어가며 그녀는 연거푸 펀치와 킥을 날렸다.

가녀려 보이는 양팔이 대기를 찢고 날씬한 두 다리가 대지를 찢어발긴다. 평원에 부는 한 줄기 광풍이 되어 붉은 기사들 사이를 종횡무진 누빈다. 신성한 은빛 성광이 연달아 빛을 발하며 투기강과의 충돌로 인해 폭음을 일군다.

콰콰콰쾅!

열 명에 가까운 초인급 소드하이어를 상대하면서도 카렌은 전혀 밀리지 않고 전투를 이어가고 있었다. 안티프레이어의 목걸이로 인해 힘을 되찾은 현재의 그녀는 족히 전성기 이상의 기량을 보이고 있었다.

하지만 크림슨 나이츠도 쉽게 쓰러지지 않았다.

턱뼈가 깨지고 팔다리가 부러졌음에도 비틀거리며 버텨낸다. 부상당한 이들이 뒤로 물러나고 그 자리를 다른 적색 기사가 채운다. 순차적으로 교대하며 계속해 공격을 이어간다.

카렌도 파도처럼 밀려오는 공세에 맞서 권능을 떨쳤다.

"백월의 사슬!"

냉기를 실은 은빛 사슬이 그물처럼 사방으로 퍼졌다. 새하얀 빙무가 크림슨 나이츠를 덮쳤다.

일부는 사슬을 막아내고, 일부는 공격을 허용해 타격을 입는다. 신음을 흘리며 몇몇 적색 기사가 뒤로 물러났다.

"큭!"

"크윽!"

하지만 여전히 쓰러지진 않았다. 다들 타격 순간 제대로 자세를 잡고 몸을 보호한 것이다. 투기 방어뿐만 아니라 기술을 제대로 써서 정타를 피했다.

카렌의 안색이 굳었다.

'뭔가 달라졌어.'

예전의 크림슨 나이츠는 광전사였다. 몸을 보살피지 않고 무턱대고 덤비는 야수 같은 이들이었다.

하지만 이들은 다르다.

물러나야 할 때 물러날 줄 안다. 육체의 부상을 무시하는 태도도 더 이상 없다.

'첩자들의 말이 사실이었나?'

예전 릴스타인이 사열식을 통해 새로운 크림슨 나이츠를 선보였을 때의 일이다.

세인들은 그들이 패왕기를 익혔다는 사실에 경악했지만, 사실 정말 신경 써야 할 부분은 그쪽이 아니었다.

첩자들의 보고는 이랬다.

'더 이상 불완전한 검술이 아니었습니다. 제대로 된 실전용 검술, 공방에 충실한 움직임이었습니다.'

현재 카렌이 상대하는 적색 기사들은 경험 따위 전무한, 그저 입력된 기술만을 반복하는 과거의 크림슨 나이츠가 아니었다. 유연하게 상황에 맞춰 기술을 쓸 뿐만 아니라 독자적으로 판단하는 듯한 움직임마저 보이고 있었다.

'전투의 베테랑이라 하기엔 아직 하자가 많지만, 적어도 골방 검술은 확실히 벗어났어.'

비유하자면, 예전엔 골방에서 훈련만 하던 인간이 슬슬 전투를 몇 번 겪어본 수준으로까진 올라간 느낌이었다.

'따로 실전을 경험시킨 건가? 하긴, 약점이 있는데 릴스타인 성격에 보완을 하지 않았을 리 없지.'

하지만 이것도 좀 이상했다.

실전 경험을 쌓으려면 필수적인 요소가 있다. 말 그대로, 실전이 필요하다는 것.

'실전을 겪어봐야 실전 경험이 생기는 건 당연한 이야기잖아?'

그런데 이들은 분명 실전은 이번이 처음이었을 터였다. 다른 전투에서 패왕기를 터득한 크림슨 나이츠가 참전했다는 정보는 아직 없다.

'어떻게 된 거지?'

의문이 떠올랐지만 그녀는 뒤로 미뤘다.

고민은 나중, 지금은 일단 싸우고 봐야 한다.

"적월의 사슬!"

카렌은 수면에 비친 은빛 사슬을 연달아 구사하며 전장을 크게 돌았다. 다른 쪽에선 창천기사단 역시 쉴 새 없이 달리고 또 달리며 크림슨 나이츠를 한데로 몰고 있었다.

1천의 삼국 동맹군이 사선 진형으로 퍼져 팔로스 선발대의 퇴로를 막고, 그 중앙에서 카렌과 창천기사단이 크림슨 나이츠가 격전을 벌이는 형국이었다.

정신없어 보이는 전투였지만, 그 양상을 거시적 안목에서 보면 그 형태는 의외로 꽤 익숙하다.

바로 양치기견이 양을 모는 듯한 형태.

자연스럽게 크림슨 나이츠 18인이 카렌 근처로 모여들었다. 미리 세웠던 작전대로였다.

'그럼……'

주변을 살피며 카렌은 슬그머니 품속으로 손을 넣었다. 주머니에 담긴 검은 가루를 움켜쥔 채 여신을 향한 기도문을 영창한다.

"크론 리자테여, 당신의 시험으로 내 적을 축복하소서!"

사아아아…….

반경 수십 미터가 빛의 기류로 뒤덮였다. 동시에 모든 크림슨 나이츠의 머리 위로 은빛의 안개가 내려앉기 시작했다.

* * *

카렌 이나시우스가 펼친 질병의 축복은 이번에도 제대로 먹혔다. 은빛 안개에 휩싸인 붉은 갑주의 기사들이 신음을 터뜨리기 시작했다.

"크윽!"

"크으으……."

문제는 신음을 터뜨리는 이들이 크림슨 나이츠뿐만이 아니라는 점이었다.

"아고고!"

"아으, 아파, 젠장!"

안개에 뒤덮이긴 창천기사단도 마찬가지다. 그리고 카렌의 플레이그 블레스는 적아를 구별하지 못한다.

다들 이를 악문 채 식은땀만 삘삘 흘리고 있었다. 옆에 카렌만 없었으면 욕설을 한 사발쯤은 내뱉었을 듯한 얼굴들이었다.

에세드는 투기를 운용해 병마에 대항하며 쓴웃음을 지었다

'아, 이 더러운 기분 진짜 오랜만이네…….'

걱정스러운 듯 카렌이 물었다.

"다들 괜찮은가요?"

애써 웃으며 에세드가 대꾸했다.

"별문제는 없을 겁니다, 카렌 님. 다들 익숙하니까요."

원래 청월기사단과 창천기사단은 골골대면서 싸우는 데 이력이 난 작자들인 것이다.

청월기사단이야 처음부터 카렌 직속이었으니 질병의 축복에 휘말리는 데 익숙했다. 그리고 창천기사단은 이계구원자 직속이라 다른 혁명 6영웅과 연계해 싸울 기회가 많았다.

과연, 플레이그 블레스의 영역 내에서도 창천기사단은 빠르게 자세를 바로잡고 있었다.

"크, 혁명전쟁 끝났으니 이 기분 다시 느낄 일은 없을 줄 알았는데……."

"어쩌겠어, 우리가 편하게 살 팔자가 아닌가 보지."

고기도 먹어본 놈이 잘 먹고, 병도 걸려본 놈이 잘 버티는 법. 다들 통증에 시달리면서도 농담 한마디 내뱉을 정도의 여유는 있었다. 여전히 병마에 시달리긴 하지만 점점 호흡도 안정되어 가고 육체 상태도 호전된다.

'반면 지구인 출신인 크림슨 나이츠는 한 번도 병에 걸려본 적이 없을 테니 분명 꼼짝달싹도 하지 못할 것……'

그리 기대하며 우드로우가 시선을 돌릴 때였다. 그의 안색이 굳었다.

'어?'

적색 갑주의 기사들이 전신에서 강렬한 투기를 폭풍처럼 피워 올리고 있었다.

"타아앗!"

"크오오!"

"으아아아!"

우렁찬 기합과 함께 자세를 바로 하고 검을 들어 겨눈다. 질병의 영향이 없는 것은 아니다. 확실히 초인급이던 투기량이 눈에 띄게 떨어졌다.

하지만 예전처럼 아무것도 하지 못하고 무기력하게 당하지도 않았다. 일반적인 테라노어의 소드하이어처럼 투기로 질병에 저항하며 몸을 가누는 중이었다.

"뭐야?"

"이젠 안 쓰러져?"

"젠장, 그새 질병 대항용 투기 용법도 익히고 온 거야?"

실망한 얼굴로 창천기사단도 전투 자세를 취했다. 반면 카렌은 별로 놀라지 않았다.

'이럴 줄 알았지.'

크림슨 나이츠에게 질병 대항 투기술을 가르치는 건 별로 어려운 일이 아니다. 당장 성시한만 해도 옆에서 알리타가 몇 번 시연한 것만으로 그냥 베낄 정도였으니까.

'그리고 약점이 확인되면 반드시 보완하는 것이 릴스타인의 성격.'

충분히 예상한 상황이었다. 어차피 한 방에 상대를 모두 쓰러뜨릴 수 있을 거란 기대는 하지도 않았다.

18인의 초인급을 18인의 달인급으로 하락시킨 것만으로 플레이그 블레스는 제 역할을 다했다.

오른손을 휘두르며 카렌이 날카로운 외침을 터뜨렸다.

"백월의 사슬!"

수면에 비친 달빛 사슬이 구현되어 허공을 갈랐다. 무수한 은빛 사슬이 크림슨 나이츠를 향해 비처럼 쏟아져 내렸다.

적색 기사들이 야수의 포효를 터뜨렸다.

"크아아아!"

동시에 아지랑이 같은 투기검을 휘두르며 백월의 사슬과 맞

선다. 질병의 축복으로 인해 더 이상 투기강을 쓸 수 없을 정
도로 약화된 것이다.

반면 백월의 사슬은 여전히 제 위력을 지니고 있다. 당연히
전원 사슬과 충돌해 피를 토하며 뒤로 날려 갔다.

"커억!"

"으아악!"

비명과 함께 18인의 크림슨 나이츠가 일제히 땅바닥을 뒹
굴었다. 실로 무시무시한 위력이었다. 창천기사단이 감탄을
터뜨렸다.

"오!"

"과연 카렌 님!"

그때였다.

나뒹군 크림슨 나이츠가 그대로 뒤로 데굴데굴 구르더니,
자연스럽게 몸을 일으키며 그대로 등을 돌린 것이다. 그러곤
뒤도 돌아보지 않고 도망가 버린다!

당연히 반격을 예상했던 창천기사단이 멍한 표정을 지었다.

"어……?"

"뭐야, 저것들?"

"저놈들, 이제 도망칠 줄도 알아?"

카렌도 당황하긴 마찬가지였다. 잠시 사슬을 움켜쥔 채 멍
청히 서 있다가 황급히 명령을 내린다.

"추, 추격해요!"

카렌과 창천기사단이 한발 늦게 크림슨 나이츠의 뒤를 쫓았다. 하지만 일단 거리가 벌어지니 쉽게 좁히기가 힘들었다.

카렌 혼자만 간신히 따라잡을 수 있었다. 손을 휘두르며 그녀가 달빛 사슬을 펼쳐 도주로를 막으려 했다.

"흑월의 사슬!"

검은 사슬이 크림슨 나이츠의 앞길을 막았다. 그러자 18인 중 2인이 몸을 돌리더니 카렌에게 덤벼들었다.

"크아아!"

도로 이성을 잃고 광전사 같은 모습을 보이며 저돌적으로 달려든다. 물론 결과는 뻔했다. 순식간에 두 적색 기사는 카렌의 격투술에 의해 박살이 나버렸다.

그러나 그 덕분에 남은 16인의 크림슨 나이츠는 또다시 거리를 벌렸다. 2인을 미끼로 던져 나머지 전력을 보전한 것이다.

'이런 잔인한 명령을!'

카렌은 이를 악물며 주위를 살폈다. 저들을 지휘하는 퀸즈 나이트를 찾는 것이었다.

하지만 보이지 않았다. 보아하니 진작 도망친 모양이었다.

결국 16인의 크림슨 나이츠는 매복하고 있던 숲으로 뛰어들어 자취를 감춰 버렸다. 그 시점에서 카렌은 추격을 멈췄다.

복잡한 숲속으로 쫓아가는 것은 위험 부담이 너무 크다. 크

림슨 나이츠가 질병으로 기량이 하락했다지만 그건 창천기사
단도 마찬가지다. 숲 여기저기서 각개전투를 벌이게 되면 카
렌 자신이야 별 위험이 없겠지만, 창천기사단은 제 실력을 발
휘하지 못하게 된다.

"칫⋯⋯."

아쉽지만 물러날 때였다.

*   *   *

팔로스 왕국군과의 첫 교전은 삼국동맹군의 압승으로 끝
났다.

200의 팔로스 선발대는 몰살에 가까운 피해를 보았다. 전
력 차이가 다섯 배였으니 당연한 결과였다. 절반 이상이 죽고
나머지도 항복해 포로가 되었다.

창천기사단도 무사했다. 몇몇 기사가 가벼운 부상을 입은
게 전부였다. 크림슨 나이츠를 놓쳐 버린 것이 아쉽긴 하지만,
그래도 그중 2명을 해치웠으니 나쁘지 않은 전과였다.

하지만 승전 보고를 들은 동맹군 수뇌부의 표정은 그리 밝
지 않았다.

"엥? 개들이 이제 도망도 가?"

전황 설명을 들은 성시한이 눈살을 찌푸렸다. 바락도 이해

가 안 간다는 듯 물었다.

"후퇴라든가 철수한 게 아니고?"

카렌이 고개를 저었다.

"틀림없이 도망 쪽이에요."

단어만 보면 그 소리가 그 소리 같겠지만, 그녀는 분명 의미를 구별해서 쓰고 있었다.

여태껏 크림슨 나이츠는 도주한 적이 없다. 그저 지휘관의 명령에 따라 후퇴했을 뿐이다.

머리끝까지 흥분한 맹수들을 강제로 후퇴시키는 짓이라 명령과 실행 사이에 상당한 시간적인 딜레이가 있었던 것이다.

그런데 이번엔 다르다.

"미리 상세하게 지시한 것인지, 아니면 독자적으로 명령을 해석해 판단을 내린 것인지는 잘 모르겠지만……."

전술의 운용 폭이 확실히 커졌다. 이것이 카렌이 받은 느낌이었다.

이번에 크림슨 나이츠를 처음 상대해 본 에세드도 입을 열었다.

"저들의 기량 역시 듣던 것과는 다르더군요."

투기술에 비해 검술은 엉망이라 들었다. 정확히 말하면 검술 자체는 익히고 있지만 그걸 실전에 시기적절하게 응용하지는 못하는 수준이라고.

"꽤 잘 응용하던데요?"

초인급의 벽을 넘은 지 몇 년이 지난 에세드였다. 같은 초인급이라도 경지 자체에 격차가 컸으니, 분명히 크림슨 나이츠 두세 명 정도는 혼자 감당할 수 있었다.

"그렇지만 듣던 것처럼 쉽지도 않았습니다."

예전의 크림슨 나이츠는 반편이 주제에 광전사처럼 날뛰는지라 빈틈을 노리기가 쉬웠다. 경험 많은 말루프나 호트렌 정도면 다수의 공격도 어느 정도 감당할 수 있었다. 크림슨 나이츠 둘의 협공으로 말루프가 팔 하나를 잃긴 했지만, 그건 어디까지나 밀리는 전황 속에서 아군을 신경 쓰다가 일어난 일이었다.

하지만 에세드가 상대해 본 새로운 크림슨 나이츠는 평범한 초인급 초입 수준의 소드하이어였다. 공방의 균형도 맞고 경험도 쌓은 것처럼 보인다.

이전의 약점이 꽤나 사라진 것이다.

물론 말루프나 호트렌 정도라면 여전히 두세 명 정도는 상대할 수 있겠지만…….

"아무래도 장기전이 되겠지요. 게다가 실수하면 역공을 당할 위험성도 크고."

에세드의 이야기를 듣던 호트렌이 당혹스러워하며 중얼거렸다.

"허, 일대일에선 그렇게까지 위협적인 놈들은 아니었거늘."

패왕기는 그 자체로도 상대하기 까다로운 투기술이다. 거기에 경험까지 쌓였다면 정말 방심할 수 없는 상황이었다.

"왜 갑자기 놈들이 그렇게 변했지?"

호트렌의 의문에 제논이 의견을 냈다.

"크림슨 나이츠가 등장한 지도 시간이 꽤 지나지 않았습니까? 그간 전쟁이 길었으니 그 와중에 실전 경험을 꽤나 쌓았을 수도……"

성시한이 반박하며 말했다.

"저들이 카곤 시티에 쳐들어왔을 때의 그들이라면 그것도 말이 되겠지."

지금 카렌이 상대했던 크림슨 나이츠 중, 전쟁 초기부터 싸웠던 이들은 거의 없을 터였다. 이는 단순한 계산만으로도 확인할 수 있는 사실이다.

사실 크림슨 나이츠의 사망률은 90%를 웃돈다. 초인급의 명성과는 어울리지 않게 툭하면 죽어갔던 것이다. 그때마다 붕어빵 찍어내듯 계속 새로운 놈들이 나타나서 문제지.

"앞뒤가 안 맞잖아? 싸움은 죽은 놈들이 했는데 경험은 왜 새로운 놈들이 쌓아?"

"그건 정말 이상하군요."

"도대체 뭐지?"

풀리지 않는 의문은 이뿐만이 아니다.

크림슨 나이츠는 18인이나 투입했으면서 휘하 병력은 고작 200, 게다가 상황이 불리해지자 뒤도 안 돌아보고 휘하 병력을 모두 버려 버렸다.

200이란 숫자가 적긴 하지만, 그래도 필요 없이 전력을 낭비할 이유는 없다.

"으음."

성시한은 심각한 얼굴로 고민에 빠졌다.

"왜 저렇게 애매한 전력을 투입한 거지?"

*　　　*　　　*

깊은 산속, 통나무를 대충 깎아 만든 허름한 오두막에 두 남녀가 서 있었다. 은발의 미녀가 서류를 훑어보며 빙그레 웃었다.

"완패네."

미녀를 향해 삼십 대 청년의 외모를 지닌, 그러나 실은 불혹을 넘긴 잘생긴 사내가 고개를 끄덕였다.

"네, 완패입니다."

200명의 병사들을 잃었고, 크림슨 나이츠도 둘이나 죽었다. 반면 삼국동맹군의 피해는 극히 경미하다. 카렌도 창천기사단도 건재, 일반 병사의 사상자도 두 자릿수에 불과하다.

그럼에도 레비나는 만족스러운 표정이었다.

"나쁘지 않은데?"

베르패스 역시 마찬가지였다.

"그렇죠?"

이 첫 번째 교전으로 인해 삼국동맹군이 어떤 전략을 짰고, 어떤 식으로 편제를 나누어 반응하는지 확인할 수 있었다. 그 대가가 일반병 200명이라면 충분히 싸다.

"물론 크림슨 나이츠를 잃은 것은 좀 아쉽습니다만……."

실은 이것도 기대 이상이긴 했다. 원래 예상한 크림슨 나이츠 사망자는 5인에서 6인 사이였다.

"뭐, 대여섯 이상 잃었다 해도 사실 아쉬울 것은 없지."

레비나가 중얼거리며 서류를 덮었다.

"어차피 놈들은 빌려 온 전력이니까."

베르패스가 벽에 걸린 지도를 바라보며 회심의 미소를 지었다.

"이제 다음 전장은 스탈라 요새가 되겠군요."

*   *   *

첫 교전 이후 더 이상 팔로스 왕국군의 습격은 없었다. 삼국동맹군은 제레브 평원을 관통해 스탈라 요새까지 진군했다.

팔로스 왕국의 서쪽 관문, 스탈라 요새.

이는 제레브 평야와 인접한 브릴 산악 지대의 경계선에 세워져 있었다. 등 뒤로는 험준한 산맥이 버티고 있고, 정면으론 드넓은 들판이 펼쳐져 있다. 요새 앞쪽으로 브릴에서 흘러내리는 잘드 강이 일종의 경계선 역할을 하고 있었다.

멀리서 요새를 바라보던 성시한이 무심코 중얼거렸다.

"오, 배산임수. 명당이네."

"네?"

"아니, 그냥 헛소리."

시한은 알리타의 의문을 대충 무시하며 요새 곳곳을 살펴보았다. 그리고 혀를 내둘렀다.

"어우, 많이도 둘러싸 놓았다."

스탈라 요새는 물론 방어 요새답게 두꺼운 성벽과 높은 탑으로 이루어진 곳이었다. 하지만 시한이 '둘러싸 놓았다'고 표현한 부분은 물리적인 이야기가 아니었다.

"마법 결계가 대체 몇 중이야, 저거?"

요새 전체에 대투기용 방어 결계가 4중, 대마법용 방어 결계는 무려 7중으로 겹쳐져 있었다.

"아주 도배를 해놓았구만."

평시의 요새 방어 결계가 대투기, 대마법용으로 하나씩 설치하는 걸 감안하면 그야말로 성벽에 금칠을 해놓았다고 봐도 무방할 지경이었다.

"저 정도면 무극천광을 날려도 버티겠는데?"

대투기용 방어 결계가 무려 4중이다. 성시한 최강의 무신기인 무극천광이라도 저걸 뚫으려면 최소 두세 방은 날려야 할 판이다.

시한의 혼잣말에 알리타가 피식 웃었다.

"애당초 무극천광 대비용이네요."

게다가 대마법용 방어 결계도 겹겹이 중첩시켜 놓았다.

"9층 마법도 대여섯 방은 날려야 먹히겠어."

평소에도 스탈라 요새가 저런 결계를 유지하고 있을 리는 없다. 그랬다간 팔로스 왕국 예산의 절반 정도는 요새 결계를 유지하는 데 투입될 테니까.

이번 전쟁을 대비해 특별히 마련했음이 틀림없었다. 그것도 족히 스무 날 이상의 시간이 걸렸으리라.

시간을 계산해 보면, 제때 출진했을 경우 결계 완성 전에 요새를 공략할 수 있었을 것이다. 성시한이 아쉬워하며 혀를 찼다.

"쳇, 늦장 피운 게 뼈아프게 돌아왔네, 이거."

확실히 그 멍청한 미청년이 동맹군에 타격은 제대로 준 것 같았다.

알리타가 눈치를 보며 물었다.

"혹시 부술 수 있겠어요?"

"뭐, 작정하고 전력을 다하면 못 할 거야 없겠지만……."

그러고 나면 성시한이 완전히 지쳐 버린다.

"무극천광을 연타로 날리고 헥헥댈 바엔, 그 힘으로 성벽을 뛰어넘어 안쪽에서 성문을 여는 쪽이 남는 장사잖아?"

게다가 큰 그림을 그려볼 땐 이쪽이 이득이 더 크다.

어차피 스탈라 요새는 침공의 전진기지로 반드시 함락해야 할 곳이었다. 요새를 멀쩡히 차지할 수만 있다면 저 엄청난 방어 결계는 고스란히 삼국동맹군의 것이 된다.

다른 사람들 역시 같은 의견이었다.

요새를 응시하며 카렌이 차분히 말했다.

"정석으로 공성전을 펼쳐서, 요새를 점령해야겠군요."

『이계진입 리로디드』 11권에 계속…